一封家书

《广东第二课堂》编辑部 编

广东教育出版社
·广州·

图书在版编目（CIP）数据

一封家书 /《广东第二课堂》编辑部编 .— 广州：广东教育出版社，2021.6
　ISBN 978-7-5548-4058-0

　Ⅰ．①—…　Ⅱ．①广…　Ⅲ．①书信集—中国—当代　Ⅳ．①I267.5

中国版本图书馆CIP数据核字（2021）第099514号

图书策划：广东教育杂志社
责任编辑：谢慧瑜
责任技编：杨启承　陈　瑾
装帧设计：李玉玺
特约编辑：龙建刚　陈土宏　周锦宜　张家瑜　吴昕颖

一封家书
YIFENG JIASHU

广东教育出版社出版发行
（广州市环市东路472号12-15楼）
邮政编码：510075
网址：http://www.gjs.cn
广东新华发行集团股份有限公司经销
佛山市浩文彩色印刷有限公司印刷
（佛山市南海区狮山科技工业园A区）
787毫米×1 092毫米　16开本　9印张　180 000字
2021年6月第1版　2021年6月第1次印刷
ISBN 978-7-5548-4058-0
定价：36.00元

质量监督电话：020-87613102　　邮箱：gjs-quality@nfcb.com.cn
购书咨询电话：020-87615809

序

写一封家书，用家国情怀温暖南粤校园

家书，是一种亲人之间沟通的书信形式。家书里往往饱含着浓浓的亲情，凝聚着无数为人处世的智慧。在中华民族厚重的历史传承和丰富的文化积淀中，流传下来许许多多堪称瑰宝的家书，比如诸葛亮的《诫子书》，颜之推的《颜氏家训》，林觉民的《与妻书》，再比如辑录李大钊、方志敏、夏明翰等革命先烈书信的《红色家书》……它们有的诉说亲情，有的教谕人生，有的指引方向，有的唤醒理想……纸短情长的后面，是真情的流露，是善意的期盼，是美好的家风。

为庆祝中国共产党成立100周年，让广大的中小学师生用真诚情感、真实思想，以书信的形式表达对家人和祖国的家国情怀，通过阅读和撰写一封家书的方式，体验中国源远流长的家风家教传统，感受温暖细腻的人类情感，广东教育学会和广东教育杂志社联合举办了"一封家书"广东省第三届中小学书信活动。

本次活动自2020年11月6日启动后，通过广东教育学会、广东教育杂志社的广泛发动，受到了我省广大中小学师生的热烈欢迎。全省2000多所中小学的师生投来了数以万计的书信作品。

全省师生对本次书信活动的重视与投入令我很是感动。习近平总书记多次强调，"不论时代发生多大变化，不论生活格局发生多大变化，我们都要重视家庭建设，注重家庭、注重家教、注重家风"。

"一玉口中国，一瓦顶成家，都说国很大，其实一个家。一心装满国，一手撑起家。家是最小国，国是千万家。"几句简单的歌词，却道尽家与国的联系。中国人重视家、忠于国，家国情怀自古便扎根在中华儿女的内心深处。

广东教育学会和广东教育杂志社联合举办"一封家书"广东省第三届中小学书信活动，是对全省广大中小学师生家风建设和家国情怀培育的积极引领，有着非常重要的现实意义。在引导广大中小学师生积极参与和大力推广这项活动的过程中，我们应该充分发挥书信的育人功能，努力做到：

一是全力培育家国情怀。"天下之本在家"，注重家庭、家教、家风，是中华民族的传统美德。习近平总书记明确指出，千家万户都好，国家才能好，民族才能好。引导全省广大中小学师生积极培育家国情怀，就应该清晰厘定家国一体、家国同心的深刻内涵，把家国情怀融入我们的行动当中，为中国特色社会主义事业不懈奋斗。

二是努力增强文化自信。全省广大中小学校应该牢牢把握新时代主题，从学校实际出发，以参与中小学书信活动为契机和抓手，大力挖掘书信所蕴含的丰富文化底蕴，让广大师生在书信活动中有收获、有感悟、有成长，从而不断增强文化自信。

三是大力提升活动品牌。全省中小学书信活动已经成功举办了三届，参与度和覆盖面不断扩大，活动的影响力和美誉度也在不断提升。我们要及时总结经验，持续优化理念、丰富内容、拓展路径、创新形式，适当地融入广东特色和岭南文化元素，争取把中小学书信活动办成真正受师生欢迎、学校认可、家长肯定、社会赞誉的具有南粤特色的品牌校园文化活动。

希望我们的中小学书信活动越办越精彩！

是为序。

李学明

2021年5月

（李学明系广东省关心下一代工作委员会副主任、广东教育学会会长，广东省教育厅原副厅长、巡视员）

目 录

外婆，我想你了　吴牧乘 ………… 1

写给最爱的姥姥　宋卓航 ………… 4

写给妈妈的一封信　钟可盈 ………… 7

淡紫色的思念　李芷娴 ………… 11

给可爱的妹妹的一封信　林弈丞 ………… 14

给小小妹的一封信　苏英琇 ………… 17

给外婆的一封信　周思聿 ………… 19

致台北阿嬷的一封信　郑宇翔 ………… 22

致亲爱的妈妈　鲁心悦 ………… 25

银丝雪——给妈妈的一封信　何旭恒 ………… 28

感谢你的陪伴　吴婉菁 ………… 31

一封家书　刘羽畅	35
给爸爸的一封信　陈木煌	38
给爸爸的一封家书　梁奕弘	40
一封寄往天堂的信　李天一	44
家风无痕，传承无声——给爸爸的一封信　黄紫晗	51
给太爷爷的一封信　熊思齐	54
给妈妈的一封家书　易子涵	57
给在天堂的爷爷的一封信　谭天伊	60
跟着光，走好路——给叔叔的一封信　罗焕	64
给爸爸妈妈的一封信　张丽娟	67
醉美永庆坊——给堂姐的一封信　林子皓	70

星河·心语 孔瑗 ... 74

隔桥相望，纸短情长 傅迎 ... 78

给爷爷的一封信 何晓岚 ... 81

写给妈妈的一封信 高妍 ... 84

给妈妈的一封信 袁欣 ... 87

一封家书 韦嘉禧 ... 91

给外公的一封信 吴彤 ... 94

一封家书 刘宇希 ... 97

给外婆的一封信 梁靖瑜 ... 100

家事国事，事事关己 曾荻 ... 103

永葆青春热血，砥砺家国情怀 陈铭淳 ... 106

厚植家国之爱，奋逐劳动之光　王睿婷 110

尚君子之风，成家国之业——致我未来的宝贝　周祺 114

兰香远弥馥，寄吾孺慕情　叶可晗 118

爱己，爱家，爱国——致三岁弟弟的一封信　陈子柔 122

愿做石榴籽，开出团结花——喀什抗疫与妻书　孙渊 125

陪伴成长——妈妈写给两岁七个月的安安　杨雯茜 130

自律，真自由的法则　刘慧琳 133

外婆，我想你了

吴牧乘

亲爱的外婆：

你在天国好玩吗？那里有没有秋千？有没有滑梯？有没有你最爱吃的西红柿？在天国的花园里，你有没有追蝴蝶，放风筝？你是不是最可爱的那一个？

今天我和妈妈看了电影《你好，李焕英》。回家的路上，妈妈紧紧拉着我的手，橘黄的灯光拉长了我们一高一矮的身影。妈妈没有说一句话，像是有些不开心。我想妈妈可能想你了。

回到家我爬上凳子，在书架上找到相册，妈妈告诉过我，相册里有年轻的外婆。妈妈看到你一定会很开心吧。我把相册给妈妈。妈妈抚摸着你的照片。外婆，这就是你呀！黑黑的头发，圆圆的脸，眼睛

一封家书

笑成弯弯的月牙儿。上次我和弟弟看你的照片时,弟弟说外婆总是一动不动,不是真外婆。可是,我明明看见你在笑,这就是真外婆呀!弟弟却说,外婆没有和我们一起画画,一起看书,一起洗澡,就不是真的。

可是就在刚才,我画画的时候,妈妈握着我的手一笔一画教我。她的头发垂在我的耳朵和睫毛上,痒痒的。妈妈说她小时候不会画向日葵。你握着妈妈的小手,一笔一画,画出一朵朵昂着头的向日葵。我转头看着妈妈,她微笑着,眼睛也笑成了月牙儿。

我写日记时,妈妈坐在我身边看书,自言自语:"我小时候写日记,煤油灯下,你外婆也坐在我身边看书。"

我看书时,妈妈给我取来字典说:"我上小学时,经常看到你外婆查字典,读书。"

我和弟弟洗澡时,水花溅得妈妈一身。妈妈说:"我小时候也这么淘气,洗澡时水溅得你外婆一身。她笑着,挠得我哈哈大笑。"

妈妈说这些的时候,总是笑着,眼睛笑成了弯弯的月牙儿,真像你!我确定,相片上的外婆一定是真的!我真的确定哦,你像从前一样陪着妈妈,就像妈妈现在陪着我。外婆,偷偷告诉你,我已经把你的相片放在了妈妈的枕头下,这样,妈妈就会一直笑着。

窗外，月牙儿挂在树梢。外婆，月牙儿真像你笑起来的眼睛。记住哦，在天国，要荡秋千，要放风筝，要滑滑梯，要吃西红柿……

晚安，外婆，抱抱。

爱你的外孙女：牧乘

2021年2月16日

（指导老师：邓丹敏）

写给最爱的姥姥

宋卓航

亲爱的姥姥：

您好！

我想知道您这几年在我家住得还开心吗？最近我看您脸上的笑容比以前少了。爸爸妈妈一回家辅导我学习，您就回到房间里去，不出来。是不是我们哪里做得不对，惹您生气了？

姥姥，您以前说："这家是你们三口的家，我只是来帮忙的过客，终究是要走的。"当时我听到这句话还没有什么感觉，总是嘻嘻哈哈地笑着闹着跟您说："姥姥最疼爱我，是不会舍得走的。"但自从寒假我们全家一起看了电影《你好，李焕英》之后，我再想起这句话时的感受就完全不同了。因为我从电影里感受到了"子欲养而亲不待"的辛酸滋味。走出电影院，我满脑子都是小时候您陪我玩，给我做饭的画面。打从我记事起，姥姥带我最多，带我在家楼下的花园玩，带我去游乐场滑滑梯。您总是叮嘱我玩得安全跟玩得开心一样重要。

我生病时最黏人了，总是赖在您的怀里要被抱着才能睡着，却从没有想过您被滚烫的身体紧贴着，睡得好不好。我还想起两年前您大病后步履蹒跚的身影，遇到有小坡或者路面不平的地方都要被搀扶着走才不会摔倒。

姥姥，您总说我学会说话很迟，但调皮一点不迟。尤其是说起带我回您大连家时的"趣事"，难以置信那是我干出来的事儿。但您总能说出柜门上被我用螺丝刀捅出小洞的位置，事件具体的经过等。可即使我表现得很差，您依然最爱我。您从来没有在我捣乱搞破坏的时候打过我，而是趁我低头认错的时候把为人处世之道告诉我，比如到别人家做客应该有的礼节。"在姥姥家犯错不要紧，但去别人家做客可坚决不行！出门在外，你的行为就代表咱们家的道德品质，要与人为善，多做好事。"

姥姥，您说姥爷走后，您的心思都放在我们身上，只要看到我们过得好就很开心。所以只要家里气氛不对，有要吵架的意思，我大喊一声："姥姥来了！"家里立马就安静了，这几个字像魔法口令一样管用。

姥姥您还总是说自己一定要保重身体，看着我长大成人，成家立业，盼着我成为男子汉，将来出门时背着姥姥走。

是啊！小时候您陪着我，抱着我，等我长大也一定要稳稳地背着

一封家书

您。人们常说:"家有一老如有一宝。"我想跟您说:"您就是我们家的珍宝。有您在,家里总是充满着圆满、和谐、幸福。"第一次给您写信,希望您说的话都会成真,希望您身体健康,更希望我们生活在一起的每一天都开心快乐!

  此致
敬礼!

您的外孙:卓航

(指导老师:牛嘉鑫)

写给妈妈的一封信

钟可盈

亲爱的妈妈：

您好！您知道吗？每次我称呼您为妈妈时，总会引来旁人质疑的目光：您看起来如此年轻，怎么可能有个这么大的女儿呢？

是的，您的外表与您40岁的年龄不相符，您有着20多岁的面容。有好几次，我的同学看见我们走在一起，还以为您是我姐姐呢。您半开玩笑地对我说："要不，以后我当你的姐姐吧？"我很喜欢有一个像姐姐一样的妈妈。我常常想：以后我会不会像您一样漂亮呢？

妈妈，您非常喜欢看书，几乎每种类型的书都会去翻阅，甚至有时候看漫画都入迷了。每次看到好笑的地方，您总会忍不住哈哈大笑地讲给我听。于是，我也会随手去翻翻那些书。慢慢地，我也开始爱上了看书，那是因为我也想从书中去寻找那些有趣的故事，然后分享给您。是

一封 家书

您让我懂得了读书的乐趣。

有时候，我在专心致志地写作业，而您，就坐在离我不远的地方整理着文件。安静的空间里，只听见唰唰的写字声，还有偶尔敲打键盘的声音。每当我写累了，就伸伸懒腰，回头看看您，而您也恰好抬头看我。我们相视一笑，又低头继续忙自己的事情了。妈妈，您知道吗？我非常喜欢这样的氛围，感觉有人与我在同一个空间里共同努力着，于是我又涌起了学习的热情。

妈妈，您在工作时是那么认真负责，可在生活中却完全是另外一个样子。您有一点点小迷糊，总是想不起自己的眼镜放在哪里。于是，我不得不把屋子收拾整齐，好把您的眼镜找出来，您说我就是您的眼睛；您有一点点懒惰，每次放假的日子，您总是"不想做饭"，于是我学会了煮面条，蒸鸡蛋，炒青菜，您说我是您的小厨师；您有一点点抠门，舍不得花钱买对联，于是我花了一个下午给您写了一副歪歪斜斜的对联，您却称赞我写得比外面卖的还好看。您用您的方式爱着我，磨炼着我，让我在不知不觉中成长，我又怎么会不知道您的用心良苦呢？

妈妈，您总是说："学习的时候就要专心地学习，玩耍的时候也要尽情玩耍。"于是，您常常带着我在楼下跳绳，在公园里骑自行车，在海边踏浪……在那如同世外桃源一般的乡村里，我第一次听见了鸣蝉是如何呼唤夏天，第一次看见了雨后彩虹，第一次欣赏了流萤飞舞……我是那样讶异，那样惊喜，以至于我又蹦又跳欢呼不已。面对此情此景，您会心一笑，仿佛一切都在您的预料之中。

妈妈，您还记得吗？通往山上的路上有一棵又高又大的黄皮果树，树上结满了沉甸甸的果实。我围着黄皮果树转来转去，口水滴答滴答地流。可是树实在太高了，而且果子都分布在离枝干很远的小枝丫上，您根本够不着。于是，您跑回家把晒衣服的竹竿扛了过来。就这样，您拿着这根5米多的竹竿，仰着脖子在树下捣鼓了半天。在竹竿的攻击下，黄皮果纷纷脱离树枝，啪啪啪地从树上落下。我赶紧拾起一串串黄皮果，坐在树下美滋滋地吃起来。再看看妈妈，您头上身上都落满了干树枝、枯叶和尘土，狼狈不堪。更惨的还在后面，第二天，您的脖子痛得都起不了床。我忍不住哈哈大笑起来，这还是那个斯文干净的妈妈吗？这一刻，我有了一种和您是"战友"的感觉。妈妈，您知道吗？那或许是我至今吃过的最甜的黄皮果了。那回忆留在我童年的时光里，偶尔想起时，我都会忍不住发笑。

这许许多多美好的片段，构成了我们的日常。与您在一起的日子里，时间总是安静、温柔地流逝。

妈妈，当我生病时，是您在我身边照顾我；当我遇到困难时，是您在我身边支持我；当我伤心难过时，又是您在我身边安慰我；每一次，都是您在我身边给予我无尽的爱。我想对您说："谢谢您，我亲爱的妈妈！"

如今，我有一个愿望：我要好好学习，长大后成为一个能够独当一

一封家书

面的人，成为妈妈的依靠！以后，将由我牵着您的手，一起去看那更加广阔更加美丽的世界！

  祝您
身体健康，工作顺利，笑口常开，青春永驻！

爱您的女儿：钟可盈

2021年2月23日

（指导老师：周祝如）

淡紫色的思念

李芷娴

亲爱的外公：

祝新年好！见字如面。

2021年的春节，为响应政府的号召，我和爸爸妈妈没有回家乡过年。在广州，大街小巷张灯结彩，人们的欢声笑语如潮水般涌来，处处裹卷着欢乐喜庆的浪花。但是，我最想念的还是您和外婆。

外公，您知道吗？我最喜欢静静地看花园中的紫苏。微风轻拂，半紫半绿的叶子间，零星的淡紫色小花又调皮地和风儿捉迷藏。外公，我想您啦！

我记得家乡厨房的窗台上有好几盆紫苏。每当带着热气的夏风吹来，紫苏随风摇曳，吹起了半绿半紫的叶，显出一种独特的双色之美。

一封家书

"欢欢，摘几片紫苏叶，记得挑最嫩的哟。"您常常在炒菜时给我安排重要的任务。我边高声回应着，边跑去窗台，用小手轻轻地从嫩枝上一掐，咔嚓几声，一小撮嫩绿的紫苏就躺在我的手心里。我放在鼻尖轻嗅，一股浓郁的清香弥漫整个鼻腔。我把紫苏叶放入您的手中，您洗了洗，切碎，便放进锅里。锅里咕嘟咕嘟地冒着油泡的煎鱼，随着调料的加入，瞬时喷香四溢。此时，您总会笑吟吟地看着我问："香吗？"我总是兴奋地点点头。

您是家里的大厨师，一年四季，一日三餐，从不落下。但是，每当我端起菜盘递给您闻时，外婆总是小声提醒我：外公鼻子不好，闻不到哦。这时，我总会懊悔自己不经意的举动让您尴尬。但您从来没当成一回事，还是微笑着说："我闻不到，你替我闻闻。"

虽然没有灵敏的嗅觉，但您煮的每一道菜对我来说，都是绝世无双的美味。当然，有紫苏的菜，我尤其喜爱。如果当天有紫苏煎鱼、紫苏炒肉丸或者紫苏红烧茄子……我准会把饭碗吃个底朝天。直到盘子只剩汁，我才肯罢休。

紫苏，有着特殊的香气吸引着我的味觉，就像您的勤劳朴实赢得我对您的敬佩。

花园中郁郁葱葱的紫苏叶大大小小、重重叠叠，错落地排列着。它的外表朴素淡雅、平凡无奇，但它的叶子却又有浓郁的芳香。

外公，您普通得不能再普通，但是正是这样一个平凡的人身上却有

着勤劳朴实的魅力。

我常常摘片紫苏叶子，放在鼻尖轻嗅，在这淡紫色的芳香中，我感受到了我们家的家风——勤劳、朴实。

外公，今年暑假我一定要回去看望您和外婆，还要继续为您摘紫苏叶，向您学习炒菜呢。您愿意教我吗？

常言道：过新年，穿新衣戴新帽。可是你们平时总是省吃俭用，我和妈妈都很心疼。昨天，我和妈妈给您和外婆各挑了一件漂亮的新衣服。希望你们能够穿着新衣服，开开心心过牛年！

祝
身体健康，万事如意！

外孙女：欢欢

2021年2月11日

（指导老师：李红兰）

给可爱的妹妹的一封信

林弈丞

可爱又调皮的妹妹：

你好！

你可知道那天我为什么如此生气？

那天傍晚，我刚刚写完作文放下笔。你突然冲进来，踮起脚，一把抢走了书桌上的作文纸。我大喊："快还给我！"你"咯咯咯"地笑着把我的作文纸撕成两半！一半飘落在地板上，一半被你揉成了玩具——小纸球。

霎时，我的心像被划了一刀，眼里充满了怒火和泪水，我扬起手，真想狠狠地揍你一顿。

你似乎感应到了我的怒火，转过身对我甜甜地喊："哥哥，玩球！"

我扬起的手无奈地轻轻放下，但心还是堵得厉害。我决定：生气了！不原谅你！我转身回房，关上房门。

我躺在床上闷闷不乐，突然看到了墙上挂着的几张照片。第一张是我小心翼翼抱着刚出生的你。那是第一次抱你，盯着你沉醉在甜蜜梦乡中的脸庞，我意识到我当哥哥了！还记得那份喜悦令我骄傲与激动。当你突然睁开眼睛，略带疑惑地盯着我时，我笑了，你也冲我笑了。妈妈说你的眼睛和我一样漂亮。

下一张是我牵着你的小手走路。你刚学走路时，总像踩在棉花上，迈着软绵绵的小步，"咿呀咿呀"说着听不懂的话。小小的你爱追着大孩子跑，却经常自己左脚绊右脚。我想赶紧把你抱起来，你却"呼哧呼哧"自己撑着地站起来，双手乱挥舞，拉扯着我继续追逐。

再下一张是你扑到我怀里，爸妈在后面鼓掌。当你学会走路了，在家中跟走秀一般，迈着小脚步，双手握成拳头，一本正经低着头看着脚，嘴里念念有词，憋得满脸通红。我和爸妈为你欢呼喝彩，你咧开嘴笑了，扑进我怀里……

一张张照片重温了我陪伴你成长的这两年时光，也悄悄地带走了我的怒气。

"噔噔噔"，急促的脚步声响起，我就知道肯定是你来了。你紧紧捏着一块山楂饼，努力地凑到我跟前。"哥哥吃！"红彤彤的脸蛋，激动又企盼的小眼神，似乎在期待什么。我接过山楂饼，掰成两半，一半

一封 家书

放进嘴里，酸酸甜甜的，另一半递给了你。你一把塞进嘴里，高兴得手舞足蹈。

妹妹，看在半块山楂饼的分上，我决定原谅你了！谁让我是哥哥，你是妹妹呢！

我的妹妹，哥哥永远陪伴你，呵护你，原谅你，仅为你那一声甜甜的"哥哥"。

祝
身体健康，快点长大！

你的哥哥：林弈丞
2021年2月21日

（指导老师：杨泽香）

给小小妹的一封信

苏英琇

亲爱的小小妹：

见信好！

你是否可以告诉老哥：你最近为啥如此顽皮？在烧水的壶里放你喜欢的玩具，说是让它泡泡澡。还把沙子倒进水杯里，我一个不留神喝了一大口，那水的滋味真是够"酸爽"。你马上要上幼儿园了，逮到我的作业本就开始画，美其名曰"写字"，作业本何其无辜呀？（干得好，如果老妈不让我重写的话，我还是挺愿意支持你。）

你是否可以告诉老哥：你的好奇心为啥如此重？刚买回来的漂亮圆珠笔，一不留神，就被你五马分尸，问是不是你拿的，你嘟着小嘴"不是我不是我"，幸好有奶奶当证人，这是你的黑历史，我要念叨到你长大，哈哈哈！

一封家书

　　你是否可以告诉老哥：那只小黑虫是不是真的苦？给舅舅送东西的那晚，你坐在妈妈的电动车上，异常兴奋，笑个不停，结果一只小黑虫嗖的一声飞到了你嘴里，本以为会号啕大哭的你居然勇敢地把虫子从嘴里掏了出来，还一本正经地跟妈妈说："咦，怎么它有点苦？"哎哟喂，我的傻妹妹。

　　你是否可以告诉老哥：你小小年纪为啥不怕黑？谢谢你在我每次上楼拿笔芯、课本的时候挺身做伴，虽然感觉这顺序好似稀里糊涂地颠倒了过来，但谁让你小乖哥哥胆小怕黑呢。哥哥已经在努力锻炼胆量，等你长大，哥哥一定会加倍保护你，等着吧！我的小小妹，有你真好，嘻嘻！

　　你是否可以告诉老哥：你的学习能力为啥如此快？我喂妈妈吃一块苹果，被你学会了，那天第一时间喂妈妈吃了好几块，嘴巴里还说着"妈妈最辛苦"！这让老哥醋意大发，足足酸了好几天……

　　小调皮，明天你就要上幼儿园了。你一定要听老师的话，不能上课跑去玩，不要和同学吵架，不要抢同学的东西玩。你要乖乖的，放学哥哥来接你哦。

　　祝
上学开心，天天向上！

你的老哥：苏英琇
2021年3月7日

（指导老师：黄惠）

给外婆的一封信

周思聿

亲爱的外婆：

　　昨晚我梦到您了！在我们以前居住的旧家，您依然一脸慈祥，轻抚我的头，慢声细语地同我说着话。梦醒后，您不在身边，我竟有些惆怅。快过年了，每逢佳节倍思亲，我最想念的就是您了。由于疫情的原因，您在江苏老家，我在广州，我们已经有一年多没见面了。我真想念和您相处的时光。以前每次我一有委屈总是第一个找您哭诉，您把我宠溺地搂在温暖的臂弯里，开解我，然后给我做一碗超香的榨菜肉丝面，吃完它，我早已破涕为笑了。因为我是只小馋猫呀！

　　胃是离心最近的地方，有时候连接爱的是带着记忆的食物。一年多没有尝到"外婆的味道"了，甚是想念。您的厨艺简直可以用"精绝"二字来形容。我特别想吃您做的糯米藕、豆腐蟹黄羹、包子、饺子、油

一封家书

炸肉丸子和香肠！这次您又给我们快递了一大箱老家的食物，您还提前给我和弟弟一个人发一个红包。您每天准时看老家和广州的天气预报，说起广州的气温，您比我们还清楚。我知道，您对我们的爱都融化在这些生活中的琐碎里了。

我特别爱您！不仅因为我小时候是您一直留在广州照顾我，还因为您是个有智慧的老人，特别擅长化解家庭内部的小矛盾，会变着法儿通过游戏的方法让我和弟弟学到东西。您不仅做得一手好菜，画得一手好画，还非常心灵手巧。记得在我小时候您总是教我用纸折叠八角盒、小青蛙、千纸鹤，利用废弃的线团、木片、铁丝、纸盒等材料做手工。您会在我的白衬衣上绣上小花和小鸟，既别致又新颖。

不仅如此，您还依旧有颗童心。记得三岁的时候，我无意间指着家里的一盆绿植上的花苞说了一句："不知道它们能不能结出糖果来？"恰巧被您听到了。中午您就利用了午休的时间，找了些红绳子把一粒粒糖果绑到了绿植的枝上。等我醒来一脸蒙地看着结满糖果的绿植时，您满足地开怀大笑，笑得像个孩子。

外婆，您还记得"糖奶奶"吗？那是您的又一个美丽的谎言。幼儿园那会儿，为了让我认真学习，您编织了一个叫"糖奶奶"的人物。"糖奶奶"有个高倍望远镜，能老远看到小朋友有没有认真学习，如果小朋友认真学习，"糖奶奶"会把小朋友爱吃的糖果装在袋子里，挂在他家门把上。

外婆，我们俩之间的事实在太多了，写都写不完。

楼下，您最喜欢的黄花风铃木开花了，金灿灿的一大片，长得讨喜极了。您以前常常带着我在那片花树下散步，教我认不远处的鸟儿，斑鸠、麻雀、鸽子、喜鹊，偶尔还有一只戴胜飞来觅食。我站在阳台上往下看，那几棵开着黄花的树让我情不自禁地想起了您。

亲爱的外婆，新年快到了，希望您能保重身体，祝愿您一直健健康康。

此致
敬礼！

您的乖孙女：思華
2021年2月6日

（指导老师：邱师华）

致台北阿嬷的一封信

郑宇翔

亲爱的阿嬷：

您好，见信快乐，一年未见，近来可安好？甚念！

依往年惯例，此刻的我应该早已和爸爸、妈妈与姐姐回到台北欢度寒假，并陪伴您与二姑一起迎接农历新年的到来！但事与愿违，由于受到新冠肺炎疫情的影响，往返台北、东莞两地都需要防疫隔离，而寒假假期仅短短的一个月时间，致使今年无法如愿回台北陪伴你们，甚为遗憾！

记忆不禁回到六年前——2015年盛夏，爸妈狠心送我回台北，说是想要让我在台湾接受小学教育，这是我第一次离开父母亲，只身来到台湾生活。陌生的学习环境，陌生的交友圈子，陌生的生活习惯，使得我内心产生了前所未有的恐惧感。在我最孤独无依的时刻，是您与二姑

的照顾与陪伴，让原本彷徨无助的我倍感温暖，点滴在心，时刻不能忘怀！

犹记得每每我想念爸妈的时候，总央求着76岁的您带我到书局买信纸、画纸、彩笔等文具用品。回到家后，趁着您在厨房准备晚餐的少许片刻，我就会在餐桌上写信、画画，把我的惦念随清风捎向远在东莞的爸爸、妈妈与姐姐，好让他们在闲暇时刻也能偶尔想起我！画着画着，我的眼泪就不由自主地滴了下来，当时我强忍着不哭出声，生怕哭声被您听见让您担心，但眼泪却像没关紧的水龙头，一滴一滴地滴在信纸与画纸上，纸上的字迹也随着泪水滴到的地方逐渐模糊、晕开，您正巧端菜出来发现了，问道："小心肝，怎么了，怎么在哭？"我回答道："阿嬷，我想家了。"我已大抵忘记了当时的您说了哪些温暖的话语安慰我，只记得当时有一双宽大的臂膀几乎用尽全身的力量抱紧我，试图用体温温暖我，告诉我："傻孩子，有阿嬷的地方就是家呀！"就这样，我们祖孙俩抱在一起痛哭了起来，久久不能自已……

亲爱的阿嬷，最近我时常关注海峡两岸的新闻，得知在台湾桃园医院发生了新冠肺炎群聚感染，随后社区也出现了疫情传播。看到台湾地区疫情不断蔓延，我十分担忧您与二姑的处境！我担忧年迈的您独自留在家中，没有了广场上热热闹闹的舞伴，安静下来时您会感到有一<u>丝丝</u>孤独；担忧每天习惯早起的您不能到喜欢的早餐店喝上热乎乎的鲜豆浆时，您会感到有一<u>丝丝</u>失落；担忧您总是把最好的留给别人，而自己却省吃俭用，舍不得添置营养品……种种担忧萦绕在我心头。阿嬷，您要

23

一封家书

乖乖听话，疫情是暂时的，但是健康是自己的，是一辈子的，您一定要答应我：（1）特殊时期减少不必要的外出；（2）出门一定要戴口罩，口罩不能省，更不能舍不得戴，尤其去菜市场，口罩更不能摘；（3）现在有别于以往，身体不适，不能再像从前一样舍不得花钱，拖着病让它自己好，一旦身体不舒服要立即到大医院检查身体！

阿嬷呀阿嬷，离别画面犹如昨日发生一般仍在心头；小时候您那谆谆教诲也常记心间，太多太多的记忆里都有您熟悉的身影！我真的好想您。

我的阿嬷，现在的我虽在东莞，奔波在学习的征程上，但我答应您，待到疫情解除，我一定抽空回来台北陪伴您，期待相见！

  祝
身体安康，新年快乐！

很是想您的孙儿：宇翔
2021年2月5日

（指导老师：麦洁仪）

致亲爱的妈妈

鲁心悦

亲爱的妈妈：

您好！我想告诉您，因为有您，我觉得自己是天底下最幸福的孩子。

我从小就很懂事，是您的小棉袄，也是您的心头肉。我知道从我一出生起，您就在我身上倾注了无数的爱，给了我关心，给了我温暖，给了我幸福，也给予我许多孩子得不到的满足感……

"我永远爱妈妈！"这是我口头对您表达爱的方式，而您，就会抱一抱我。其实，您知道吗？我每次说出这句话时，要么就是心情超好，想让您也开心一下；要么就是心情糟透了，想被抱一下，到您这里寻求一些支持和爱。

一封家书

　　您说，您要给我一个快乐的童年，您果然做到了。您说过，"只要不是原则性的问题，我都可以满足你。"妈妈，其实我九岁之前一直都不明白什么是"原则性的问题"。以前，我以为看电视不是原则性的问题，我总是想看电视，您不同意，我就生闷气，不理您。请您不要介意，那是我小时候不懂事。除了原则性的问题，我提的其他要求您都会满足我，比如：喝奶茶、吃寿司、去游乐场玩……所以，我得到了莫大的满足。在您"有原则性的爱"的教育下，我也成了一个很自律很有原则的孩子。在学校我是同学们学习的榜样，是老师的得力助手。不得不说，您的教育充满了智慧。

　　用"开明"这个词来形容您，是再适当不过了！因为您不会像其他家长那样有太大的好胜心，太在意成绩，管孩子特别严厉……您还记得吗？有一次，我考试考差了，虽然我知道您不会说我，但我还是小心翼翼地说给您听，您并不在意，对我说："悦悦，没关系，不用那么在意。人生中考试有很多，一次半次考差了也不算什么。妈妈不是跟你说过吗，考试只是一次检测，只是让我们了解自己的学习态度和效果而已。考试没你想象的那么重要，你看开点就可以了！"您还说过，最紧张的应该是考前复习；考试时放松些，自然会考得好些。您还安慰我："只要你考前认真复习了，考多少分都没关系！"当时，我听完，马上就想通了：对呀！只要我努力了，认真复习了，多少分都没关系。只要我认真做好反思，下次努力，迎头赶上就可以了。

致亲爱的妈妈

　　妈妈，您是一个有智慧的母亲，一个伟大的母亲，一个通情达理的母亲，还是一个带领孩子走向幸福快乐的母亲！我爱您！我因为有您这样的母亲而感到幸福！我一定要努力学习，将来让您因为拥有我这样的女儿而感到骄傲。

　　祝
身体健康，工作顺利！

您亲爱的女儿：鲁心悦
2021年2月11日

（指导老师：吴海霞）

银 丝 雪
——给妈妈的一封信

何旭恒

亲爱的妈妈：

窗外的雨淅淅沥沥，夜已经深了，可是您还在服装厂加班……

去年的6月4日是我们家最黑暗的日子。那天清早，父亲起床，突然一跤摔在地上，无法行走了。惊慌失措的我和妹妹，只能给已经上班的您打电话。

您是我们学校的清洁工，记得有一次上语文课，我正要走神，抬头看窗外，您正弯腰擦拭走廊围栏的灰尘。我心里一惊，如临风的湖水，泛起丝丝漪涟，内疚与温馨交织在我的笔尖组成了歪歪扭扭的笔记。不知您是有意还有无意，上课时，我经常能看到您在教室外面打扫卫生的身影。我们学校只有您一个清洁工。我看到的您多是在太阳底下晒得满

头大汗的样子,您常说:"你们好好学,我多辛苦都值得。"

您对人和蔼可亲,即使只是一个从您身边经过的小朋友,您也友好地点头微笑。可是从那天起,您完全变了样,您再也没有往日的笑容。您带着父亲每天奔忙于各大医院,只要别人介绍说哪里的医院好,您都毫不犹豫地预约前往。在短短一个月,您带着父亲经历了三个省的七个大医院。父亲流着泪说:"放弃吧,这几年打工的钱,已经花完了,以后你们娘儿几个怎么活啊!"您坚定地说:"只要人在,其他什么都不重要。"您才三十多岁,头上已经披上了银丝,像一层薄霜浸入了长长的青丝。

父亲怀了必死之心,不肯再就医。他整天眼睛肿肿的,身子已经瘫了半边,后来只能躺着,连翻身都不能。我从没见您哭过,您总是很镇定地准时去医院拿药回来给父亲外敷内服。您害怕请假久了会失去学校的工作,只能每天奔忙于学校与家之间。有一天,您中午回家给父亲做饭,发现父亲正躺在血泊中。为了不连累这个家,父亲割断了手腕的动脉。医生抢救之后,父亲身体越发虚弱,好几次已经昏迷不醒了。您终于没忍住压抑已久的悲伤,眼泪像珠子一样一串一串地往下掉。父亲清醒时都对我们交代了后事。为了给父亲最后的尊严,我们一家决定回老家。我和妹妹请了假陪伴父亲度过最后的日子,您恳请学校保留了清洁工的职位。

回老家后,我们打理家务,谁都不提及父亲的后事,但谁都清楚父亲随时会离我们远去。父亲反而平静了许多,他早已看淡了生死。镇

一封家书

里的郎中给父亲简单地敷了药，我们不再奔忙于医院，整天陪着父亲诉说着那短暂又美好的往事。一个月后，父亲竟奇迹般地减轻了许多痛苦，他的病情正在不知不觉中减轻。那是我们家两个月以来最开心的日子，您做了几个菜，一边喂床上的父亲吃一边给我们说着未来的打算。您的发丝在灯光下如铺上了一层薄薄的雪。又经过了两个月到了暑假的时候，父亲已经可以拄着拐杖下床了。生活还要继续，我们要回学校上学，您也要继续您的工作。我们只能留父亲一个人在老家养病。临行时，您对父亲说："只要人在，我们的家就在。"

为了供父亲不间断的药费和我们的生活开支，您白天在学校当清洁工，晚上还要去做临时工。为了多赚钱，有几次您整晚都没回来睡觉。您脸上的皱纹慢慢从眼角延伸到脸颊，雪花浸染了您的双鬓，也浸湿了我的心灵。

期盼您能早点回来休息！

您的儿子：何旭恒
2021年3月5日

（指导老师：曾维东）

感谢你的陪伴

吴婉菁

亲爱的弟弟：

在2018年9月一个有着璀璨星空的深夜，大约十一点钟，你来到了这个世界。两天后，我和爸爸去医院看你。你当时掉皮掉得很厉害，满脸褶皱。我好奇地看着你，结果你却被吓哭了。

弟弟，我想和你分享你的趣事。我记得你刚会爬时的样子，你扭扭屁股，撑开手向前爬去，你爬到爸爸那，像小猫打滚似的滚了三圈，又滚下爸爸的怀抱，爬向妈妈，可你太兴奋了，嘻嘻笑着想飞扑过去，结果磕到了妈妈的膝盖上，你疼得哇哇大哭。心急吃不了热豆腐啊！

一岁多的时候，因为长牙，你特别爱咬人，我很想比手画脚来告诉你千万别咬我，但你一见到我，都爱张开小嘴，扑到我腿上，一口下去，我就疼得"啊啊"直叫。你知道吗？有几次我还疼得偷偷抹眼泪。

一封家书

  两岁时，你会说："我生气了。"你把嘴角往下咧，开始湿眼角。因为怕生，见到陌生人时，你先是使劲往后缩，又使劲往爸爸怀里钻，再也钻不下去时，你又开始哇哇大哭。

  现在你两岁半了，你呀，还是没让我省心。比如我一个人看着你，你开始怕这怕那，只要我不在你视线内，你必大叫："姐姐！你在哪儿啊？别走——别走——"声泪俱下，表情凄惨，不明就里的人还以为你被狠心的我抛弃了呢！有时你从高高的滑梯上跳下来，摔得鼻青脸肿还在那笑，又把玩具从二楼扔到一楼，还在那里手舞足蹈地蹦蹦跳跳，把捡玩具捡得腰酸背疼的我气得半死。

  对你这些表现，我真想叹九九八十一次气呀！哎，不说你的缺点了，一切都会好起来的。再说，我还要感谢你呢！

  首先，我要感谢你，你的到来让我拥有了一个神圣的身份——姐姐，让我懂得了什么叫责任！我有责任保护你，不让你受伤，不让你受欺负。有一次，你滑滑梯时，没注意那是别人的领地，一个小朋友赶你出去，还打你。我可忍受不了这种行为，赶紧用手护着你，狠狠地瞪了他一眼："这是大家一起玩的，你不可以这么粗暴赶别人！"他看我这么凶，赶紧开溜了。以前我很怕虫子，一见到虫子就尖叫。可在你面前，我就算多害怕，也要装出勇敢的样子——别怕，有姐姐在！以前我很怕黑，但在更怕黑的你面前，我突然变得强大了，战胜了从未战胜过的黑暗——别怕，有姐姐在！记得老师讲过，所谓长大，就是逼着你在跌跌撞撞中变得坚强。我想，因为你的存在，也逼着我长大吧。所以，弟弟，谢谢你！

其次，我要感谢你，因为你的存在，爸妈还给我自由。在当独生女的那段日子里，我是处处被管着，这种滋味可真不好受。可有了你就不同了。他们现在不太管我了。一开始，我还有种被冷落的感觉，后来，我越来越享受这种感受。有时爸妈带你出去玩，我就能安静地在家看电影。有时爸妈哄你睡觉了，我就悄悄拿出几颗糖果偷吃。有时爸妈在哄你吃饭，我就能优哉游哉地看课外书。这还要多亏你呀！

再次，我还要感谢你的陪伴。这种陪伴是一起玩的意思。有一次，我和妈妈吵架，我正郁闷着呢。你很认真地拼搭积木，不久你拍拍我，送给我一架你做得不太稳固的积木飞机，看着你笨拙的憨厚样，我"扑哧"一声笑了，气也消了。以前一个人时，我会感到孤独，总得抱个洋娃娃玩，甚至痴痴地想：如果洋娃娃有生命就好了。可有了你就不一样了，我有了一个能和我玩过家家的弟弟。

最后，我要感谢你，因为你，我也开始理解爸爸妈妈的辛苦和忙碌。你生病了，他们无时无刻不在照顾你，觉也没法睡，饭也只吃一两口。你不吃饭了，他们得想尽各种办法哄你吃。你无聊了，他们得花尽心思带你去玩。爸爸妈妈真的很不容易呢，所以啊，我和你都得懂事一点。

好了，聊了这么多，弟弟呀，我只希望你快点长大。今年下半年你要去幼儿园了，你不能那么调皮捣蛋了。最后，我祝愿你保持一个好心

一封 家书

情来面对你正在探索的世界，也愿你开心的时候像小天使，不开心的时候能告诉我，让我分担你的烦恼。当你收到这封信时，还不认识字，不过没关系，你以后会明白我的用心的！

  祝
开心每一天！

爱你的姐姐：吴婉菁

2021年2月25日

（指导老师：赖婉娜）

一封家书

刘羽畅

亲爱的爸爸妈妈：

你们好！

根据学校的安排，下周我就要和全校五年级的同学们一起，去位于四会市的素质教育基地参加为期三天的学农活动了。想到这个事情，我心里又激动，又有点担心。激动是因为我还从来没有跟班上同学一起住过集体宿舍，至于担心，则是因为从学长们那里听来的关于学农基地的种种传闻了……

尽管这不是我第一次没有父母陪伴独自外出，但是与以往去繁华大城市参加各种比赛和演出相比，这次离家是去体验真正的农家生活。学长们说，那里不仅可能遇到各种肥嘟嘟的虫子，还要顶着太阳去干农活，甚至要自己捂着鼻子去挑农家肥，对于像我这种从小到大都在大城

一封家书

市生活的"小公主"来说，肯定是个不小的挑战。

从出生以来，我就没回过老家。记得之前爸爸给我讲过他们小时候去湖北农村老家的经历，那时的农村，有泥泞难行的乡村土路，有低矮的土坯房，偶尔可见的红砖房在老家算得上"高档"豪宅了，没有空调，没有冰箱，虽然鸡犬之声相闻的生活听着有些浪漫，但是每天吃肉这么一个现在看来很朴素的愿望，却因为赶集的路途遥远而显得有些奢侈而不切实际。每年农忙时节的抢种抢收，更是因为只能靠人工体力劳动而成为一项非常艰苦的工作。

中国现在的农村究竟是什么样子呢？老师鼓励我们多看时事新闻，记得有一次在《新闻联播》中看到敬爱的总书记习爷爷去农村考察，当年的贫困村已经完全变了样，从镇到村都铺了水泥路，原来破旧的土坯房全部换成了砖瓦房，有些条件好的更是住上了小楼，过上了"楼上楼下，电灯电话"的生活，各家各户也用上了各种电器，烧柴的土灶已经成为历史，完全可以称得上是旧貌换新颜。这个春节，跟老家的长辈亲戚们视频通话，听他们讲，我们的老家也都大变样啦！他们说因为用农机代替人工去耕作，原来晒得黑黝黝的皮肤都比原来白净了，哈哈！听长辈们说，这些都是"脱贫攻坚"的成果，说实话我有点听不懂这个词到底是什么意思，但是我想，这些肯定是跟咱们党的英明领导，跟国家安定的环境，跟爸妈你们这一代人的辛苦奋斗分不开的。

下周我就要出发去学农了,到时我会跟同学们一起,既接受劳动的教育,又亲身体验一下现代农村生活,看看跟爸妈口中过去的农村究竟有什么区别,等我学农归来,咱们再好好聊!

　　此致
敬礼!

你们的女儿:刘羽畅

2021年3月11日

(指导老师:刘继阳)

给爸爸的一封信

陈木煌

亲爱的爸爸：

您好！您在新疆过得还好吗？那里的天气怎么样？您习惯那里的饮食吗？我们都很想念您！

在您去新疆的日子里，我升上了六年级，妹妹也开始读幼儿园了。由于我学习比较紧张，加上您的工作比较忙，所以请原谅我没能与您及时通信。

当初，听到您要去新疆支教时，我很吃惊、不解，甚至抱怨，因为您是家里的顶梁柱，我也上毕业班了，妹妹还小，不懂事。如果您去新疆了，那家里的重担就落在了妈妈身上，而您只对我们说了一句："我要去实现自己的理想，创造自己的价值，为新疆的孩子带去知识。"我听了，似乎明白了些什么。您在那边工作一段时间后，发来了在那边工作生活的一些照片，我不仅看到了那边的风土人情，还看到了一双双渴望知识的眼睛，我似乎有点理解了，明白了您当初那样做是正确的。后来，我在与您聊天的过程中，得知了一个不幸的消息，一位与您一起援疆支教的"战友"患癌症去世了。您说这位"战友"是带病工作，把他最后的一点光、一点热都奉献在讲台上，奉献给了援疆的教育事业，他的精神深深地感动了我。至此，我明白了您当初为什么要选择援疆，因为那里需要你们，那里需要一批有奉献精神的人。

有一句话深深地印在我的脑海里："当你离开自己的孩子，却走到更多孩子身边的那一刻，你是'一'，也许你只是奋斗在中国的一个'一'，但中国却因为每一个'一'的奋斗而伟大。"我觉得，您和您的"战友"都是伟大的。

现在，我快小考了，请您放心，我什么都不想了，我要把全部的精力投入小考中，为小考冲刺，争取获得更好的成绩。

您在那边工作之余，要注意身体，注意休息。而我在家里，会帮妈妈做力所能及的事情，帮妈妈照顾妹妹，等您平安归来，您在那边放心工作吧！

祝
身体健康，工作顺利！

您的儿子：陈木煌

2021年2月20日

（指导老师：陈少英）

给爸爸的一封家书

梁奕弘

亲爱的爸爸：

您好！

时光如一匹骏马，转眼间已飞去了十二年。在此期间，我幸福快乐地成长着。小时候，我总认为我的幸福离不开妈妈的精心呵护。这时您肯定会毫不犹豫地问："爸爸呢？"对，我爸爸呢？自我懂事以来，对您，好像印象不深，更不用说交流了。当我长大细心观察时，已发现您的头上又多了几根白发。可您还日夜不停地工作着，即使累到两腿发软，也从不喊疲惫。爸，累了就坐下歇歇吧，跟我聊聊吧！可是，我从没见过您停下脚步，无奈，只好通过这封信来跟您聊聊了！

爸爸，您是一名威风凛凛的警察。我本该为您感到无限的骄傲，但您的工作极其繁忙，常常早出晚归，有时忙得一连几天都无法踏入家门。这曾经给我带来了数不胜数的烦恼和煎熬。

小时候，我极其恐惧黑夜的到来。黑夜，是吞噬光明的魔王，是一切祸源和恐慌的支配者。小偷、火灾、蓄意犯罪……这一切，都让处于"黑暗深渊"的我瑟瑟发抖。我担心手无缚鸡之力的自己，在黑夜的祸害面前成了一只任人摆布的羊羔，所以一定要和父母睡。母亲身体不好，常常失眠，受不了吵闹，习惯了独自一个人睡。这样一来，您就成了我的靠山，我的雨伞，遮挡黑夜里一切的"风风雨雨"。和您睡，我仿佛就高枕无忧，睡得如头小猪那般香甜！

可惜，这样的机会并不多。您经常出差、值班、追踪罪犯，经常夜以继日地工作，通宵不归。即使我苦苦恳求，也无济于事。您只留下了一片狰狞的黑夜给我，让我独燕孤飞。可我飞得真的很累啊！翅膀弱小无力，心中满是惊慌，一阵冷风吹过，我就会吓得差点掉下去。我孤独无助，只能盼望早日冲出这黑夜，看到黎明的到来！可是，黑夜仿佛无边无际，黎明仿佛遥不可及，希望也一次次变成泡沫。

我很气愤，也很不解：您的工作真的有这么忙吗？您就不能准时下班吗？您就不能多陪陪我吗？您到底是谁的爸爸啊?!……

有一天，您突然提前下班回家，这叫我惊喜万分，欢呼雀跃，就像一只在旱天里突然发现一口池塘的鸭子，兴奋异常。可您表情严肃，紧锁眉头，一进家门就闷头收拾行李，一言不发。我感到不对劲，开门见山地问您为什么要收拾行李。您不安地看了我一眼，沉思半晌，才支支

一封家书

吾吾地开了口:"儿子,我要……出差两个星期……所以……"

我如同遭遇了晴天霹雳,仿佛从天堂掉到了冰窟窿,浑身的血都冻结了。两个星期!十四个黑夜!这叫我怎么熬?!我哭着嚷着,吵着闹着不让您走。可您就是不同意,最后只得安慰我,说给我带礼物回来。那天晚上,哭成泪人的我辗转难眠,起身上厕所时,却偶然听到了您与妈妈的对话:"最近这儿逃走了一个杀人犯,如果抓不到,会给社会带来很大的危害,明天我就要随大队去追捕他了。家里就辛苦你了,你有什么事就叫儿子帮帮你,这也可以锻炼锻炼孩子的能力,男子汉嘛,应该独当一面……"

顿时,我的内心掀起了巨浪:爸爸之所以要去忙两个星期,竟然是因为要去捉一个杀人犯!想起杀人犯杀人的血腥场面,我就浑身发抖。天啊!太可怕了!受害者的家属一定心如刀绞吧!如果我还拉着爸爸,不让他去,是不是太不讲道理啦!爸爸说得对,男子汉大丈夫,我应为妈妈分担一些家务,我不应让爸爸失望!爸爸,你也要注意安全啊。

尽管如此,我还是有点依依不舍,后来不知怎么迷迷糊糊地回到床上睡着了。等我醒来,您早已悄然无声地出门了。我当然知道您去忙什么,可我没有再抱怨,只是衷心希望您能早日凯旋。那天,当夜幕降临的时候,我勇敢地独自上床睡觉了。其实黑夜也挺美的啊!月亮姐姐温柔地为世界披上一层银纱,星星弟弟调皮地朝我眨巴着眼睛,薄云哥哥微笑着注视着我。在如此美的景象里,我飞着,我勇敢地飞着,我努力地飞着!我变得无所畏惧!因为,我知道,黑夜之中,我从不是一个人

在飞！爸爸的鼓励总在身边！

　　记得平时想跟您聊天时，我总会抱怨：爸爸啊爸爸，您整天忙得不可开交，都没时间陪我了。您到底是谁的爸爸啊?！小时候的我，幼稚而可笑，曾因为这个问题而苦恼了多时。现在，我明白了：您是我的爸爸，同时还是一名人民警察。您是我学习的榜样！有您这样的爸爸，我荣幸至极！爸爸，我爱您！

　　祝您身体健康，工作顺利！

您的儿子：小梁
2021年3月13日

（指导老师：胡洁仪）

一封寄往天堂的信

李天一

亲爱的妈妈：

一晃您离开我们六年多了，昨天仿佛您还在我的身边，今天却满世界再也找不到您的身影了。

又是一年的清明节快到了，按照传统习俗我们提前来祭拜您。虽然您已走了六年多，但您的血在我体内流淌，您的坚强撑起我的生命，您的爱浇灌着我茁壮成长，所以我心里丝毫不敢怠慢。每到清明节前，爸爸早早就做好准备，联系好车辆，购买各种祭品，提前替我向老师请假，然后一路奔波带我来到您的坟前祭拜。

墓地的悲凉

妈妈，我已有半年时间没来看您了，来看您之前我强装开心，心

想别让妈妈看见我的眼泪。但当我走进墓地的瞬间,我再也控制不住悲伤的情绪,特别是看见杂草丛生的坟地,连墓碑旁边都长满了长长的青草,您的照片也沾满了厚厚的灰尘,我的泪夺眶而出,撕心裂肺的哭声惊动了旁人。过了一阵子好不容易平静下来,我用衣角拼命抹去您照片上的灰尘,还原妈妈青春貌美的模样,而老爸挥着汗正在铲除墓地上的杂草。

当我摆上祭品的时候,突然感觉妈妈在对我微笑,您似乎伸出双手拥抱自己的儿子。然而当我用力呼喊妈妈的时候,却没有任何的回应,只有我自己的声音在空荡荡的墓园里回响,只见妈妈的坟墓孤零零地立在那里,是那样的孤独,那样的无助,又是那样的寂寞。我能体会到妈妈是多么盼望自己的儿子常过来看望和烧香祭拜,特别是每逢清明节的时候。可是我因为年幼很难做得到,去年疫情暴发也无法来祭拜。每当想到这,我内心深感愧疚。我坐在坟前,泪水再次夺眶而出,任其流淌。此时我含泪点上三炷香,面对着妈妈的坟墓深深地鞠了三个躬!

妈妈,此刻我在想,要是您还活着该多好啊!您活着的时候,我好像生活在陶渊明笔下的世外桃源,好像生活在这世上最幸福的家庭,可您走了,我失去的不仅是母亲,更失去了温暖和亲情,在内心留下的只有悲凉和泪水!

妈妈,在另一个世界的您还好吗?我寄往天堂的东西您收到了吗?愿您在天堂得到一丝慰藉——您的儿子,终于长大了。

是您一把屎一把尿把我养大,是您让我来到人世间!还记得有一次

一封 家书

我在马路上玩耍，突然有一辆大货车朝我直冲了过来，您见状二话不说迅速跑过来将我推开，而您重重地摔倒在地上，脸部和大腿都受伤出血了，幸好有惊无险并没大碍，但那一刻深深震撼了我。您把活命的机会留给我，自己面对着危险！

妈妈，是您让我知道："女子本弱，为母则刚""生而为人，活着为人"。面对着墓碑上您的照片，我一次又一次泣不成声。其实我已竭尽全力控制自己了，因为我怕您会说："男子汉大丈夫，你哭什么哭！"妈妈，对不起！我不哭我不哭，我只有无尽的懊悔，与对您的思念……

妈妈的日记

妈妈，不论搬家多少次，您的遗物一直被老爸保管得很好，他锁在一个小抽屉里。有一次我偷偷地打开了抽屉，发现有您的病历、住院单据，许多我童年的照片，还有一篇写在病历上的日记。我看到日记内容时惊呆了，全是关于我成长的历程。妈妈您真细心，一篇日记蕴藏着我童年多少往事，承载着我人生的起点和未来，这是母爱力量的源泉，这是悲欢离合的见证，好像您早已知道要离开我们。现在我把您的日记整理如下。

儿子，也许某一天妈妈会猝不及防地离开你们，你要听爸爸的话，不要悲伤，妈妈要你快乐成长，长大后做一个对社

会有用的人。

怀上你的时候，妈妈不知道有多高兴，当你在我肚子里七八个月时，我就对你进行胎教了，你爸爸忙于工作很少回家，我每晚都摸着肚子讲岳飞、杨家将和文天祥的故事……

妈妈摸着自己的肚子就像亲吻着你的额头。妈妈胎教的内容多是爱国教育启蒙，希望我儿子长大后做一个堂堂正正的人，做一个有正能量的人，不辜负妈妈的良苦用心。

当你两岁刚刚会走路的时候，妈妈就开始教你《唐诗三百首》《弟子规》《三字经》，那时候你可聪明了，简直是过目不忘，妈妈为你骄傲。你从两岁半开始就喜欢阅读了，妈妈几乎每天都拉着你去图书馆，旁人见你津津有味地看书，都投来羡慕的目光。

一眨眼你已上小学了，上学那天我流着眼泪拉着你的双手深情地说："宝贝，你七岁了，要读书了，你要尊敬老师，爱护同学，不论什么理由都不能与小朋友打架，课本知识不论多么枯燥你都要用心学习，爸妈给不了你好的生活，只能靠你努力学习文化知识来改变了。"你似懂非懂地点点头，直到你上校车后，我久久地站在原地不愿离去……

儿子，当时我的病情已经很严重了，但妈妈扛着不在你面前喊一声痛。因为有你，妈妈已经知足了。感谢上帝赐予我

一封家书

一个聪明、可爱的儿子！

妈妈住院几次，病情越来越恶化，但妈妈总坚强地笑着告诉你："宝贝，别怕，妈妈过几天就好了。"然而，妈妈这次住院怕是扛不住了，写下这篇日记留给你，妈妈主要是想对你说以下几点：

第一，要好好读书，学习文化知识。圣贤说过："人不学，不知义。"一个人的学问决定将来的高度，当你小学基础知识学扎实了，你就能通往更高的知识大门，甚至你将来可以驾驭命运，而不是鼠目寸光地活在自己的认知里。

第二，要爱惜自己，记住生命是第一要素，要学会保护自己，才能更好地保护别人。要讲卫生，多运动，做一些力所能及的家务。能独立完成你爸爸和老师布置的任务，也是逐步塑造你人格的一种方式。

第三，己所不欲，勿施于人。遇到难缠的问题要学会换位思考，做人做事要从善如流，大处着眼，小处着手。记住，学富五车，不如学会做人。长怀感恩之心，你未来的道路才会越走越宽。

第四，坚强是一个男子汉的本质。当你遇到挫折的时候，可以去旅行看看风景，也可以通过正确的方式发泄自己的情绪，但绝不能沦陷到悲悲戚戚、一蹶不振的地步。

第五，我对你的爱大于我对你的启蒙教育。我有一点宠你，甚至有一点溺爱你，因为我知道自己的身体快不行了。但我必须告诉你，当初给你起名的初衷是，希望你天真无邪，一诺千金做一个诚实的孩子，所以这就是你名字的由来。请时刻记住自己为什么叫作李天一，时刻记住位卑未敢忘忧国的家国情怀……

儿子，妈妈困了，要睡了，愿一会儿我还能醒过来，再吻一吻，抱一抱我的宝贝儿子……

爱你的妈妈：冯燕平
2018年11月18日上午

告别墓园的心里话

妈妈，您好好休息吧，我看了您的日记很震撼，字字句句直达了我的灵魂，像指明灯一样照亮了我的方向，仿佛一夜之间我成熟了许多。妈妈呀，我会牢记您的嘱咐，我不敢想象您在生命的最后一刻居然忍受着剧痛写下这篇日记。

今天唠叨这么久了，明年清明节再过来看您。但是妈妈，我不能经常来墓园祭拜您，许多时候只能在家里瞻仰您的遗容，毕竟墓园有墓园的规定，何况疫情期间我们不能给政府添乱。

一封家书

　　妈妈，如今兴起网上祭拜，我觉得是一件有意义的事情。当我们面临新旧文化的碰撞，面对着传统思维和现实状况的矛盾，我在清明节会选择轻松的方式祭拜您。妈妈，有心则灵，只要我们心有善念，爱我所爱，善待他人，热爱生活，相信这也正是您想看到的，不是吗，妈妈？

　　在此，祝妈妈与嫦娥姐姐在天堂相媲美！

儿子：李天一

2021年3月8日

（指导老师：王登炎）

家风无痕，传承无声
——给爸爸的一封信

黄紫晗

亲爱的爸爸：

您好！

几天前，我们在一起观看一档家庭节目的时候，您突然转过头问我："晗儿，你知道什么是家风吗？"当时，我不知怎么回答，今天我想通过书信的方式，把我的想法告诉您。

爸爸，我回想了一下，你们从没告诉过我家风是什么，也从没说过我们家的家训是什么，在家里也没见到刻上类似"诚信""勤俭持家"这样的牌匾。那么，我们家的家风是什么？我们家是不是没有家风？我很疑惑，直到看见挂在墙上那个奶奶亲手缝制的挂袋，我才茅塞顿开，回想成长以来的点点滴滴，才发现我们的家风时刻弥漫在我们周围，一

一封家书

直浸润着我们的心灵。

奶奶没读过书，她不知道什么叫"节俭"，但是她却用缝缝补补教我学会了节俭。就说今天早上吧，我的袜子破了，我正准备扔进垃圾桶时，碰巧被奶奶看见了，她立刻拦住我说："挺好的袜子，就破了一个小洞，怎么就扔掉？"我不以为然地反驳道："都什么年代了，家里袜子有的是，坏了就扔了呗！""什么？"奶奶立刻板起面孔说道："你这就不对了，什么年代？钱是你妈妈爸爸辛勤劳动换来的，纺织工人也不容易，你这么浪费太不尊重别人的劳动成果了。什么年代都要做到勤俭节约！这是老祖宗留下的美德！"说着，她戴上老花镜，找出针和线，一把抢过我手中的袜子，边缝边说："就破了一个小洞，缝两针不就能接着穿嘛。"没想到奶奶粗糙的长满皱纹的手干起针线活来如此细致，几针下来，袜子恢复原样，还丝毫不硌脚。

妈妈非常节俭，从不铺张浪费，对待家里的开销也总是精打细算，有计划地支出，平时的衣着也十分朴素。她经常教育我说，节俭不是寒酸小气，浪费不是阔气大方。妈妈虽然很节俭，但每当遇到各种灾害或者同事家里的大事小情，她总是带头积极主动慷慨解囊，并教育我从小要有爱心，要懂得感恩。

爸爸，从小到大，您和妈妈对我们要求也很严格。每次打饭，您和妈妈都要求我们要吃得干干净净，碗里不剩一粒米饭。每次外出吃自助餐的时候，您也从不允许我们多拿，你们最常说的一句话就是，能吃多少就拿多少，不能浪费粮食。记得有一次，六岁的弟弟到外婆家吃饭，

家风无痕，传承无声

　　吃过后刚放下碗，一看，别人的碗里干干净净，只有他自己碗里还有几粒米饭，他吓得赶快拿起碗把那几粒米饭扒到嘴里，又一低头，看见桌子上掉了几粒米饭，马上偷偷把米饭捡起，塞到嘴里。

　　奶奶生活中细微的言传身教，爸爸妈妈的口授身传，我们姐弟生活中的言行，不正是"节俭"家风的传承吗？

　　奶奶的勤俭持家，爸爸您的吃苦耐劳，妈妈的慷慨解囊，不正是好家风的体现吗？

　　家风，就是这样随风潜入，润物无声，家风是一种无言的教诲，悄然流传。爸，我说得对吗？

　　祝
身体健康！

女儿：小晗
2020年11月29日

（指导老师：杜映昭）

给太爷爷的一封信

熊思齐

亲爱的太爷爷：

您好！

昨天我看到叔公拍的视频，看到您的精气神都很好，我们全家都很高兴。想想上一次去台湾，那已经是七年前的事情了。您牵着我的小手去餐厅，教我吃自助餐的礼仪，这些场景至今还历历在目，难以忘怀。最近我们学了一篇课文《梅花魂》，文中的外祖父与您十分相似。你们都是漂泊他乡的老人，都是企盼落叶归根的游子，远在他乡却心系家乡。如今您已年近百岁，已不可能再离开台湾回到家乡，然而您却用自己的言行影响了一代又一代的后人。

您的故乡——傅屋村，尽管岁月变迁，但依旧宁静祥和。远山还在，依旧层峦叠嶂；小溪还在，依旧浅吟低唱；夕阳也还在，依旧温暖着归家的人们。但是，它又在悄悄地发生变化。2018年，在舅舅的号召下，我们在村里建成了易思书院。这座书院坐落在半山腰上，由一座颇有年头的老房子改造而成。我们保留并还原了客家老屋的原貌，给它增添了几分典雅与文艺气息。因为书院的建成，古老的客家乡村重新展现了她的风韵，我们恋土爱乡的情结也有了新的承载。

只要有假期，我就跟着爸爸妈妈回书院，沉浸在书香中，或放飞在田野里，既感叹着岁月静好，又忍不住坐下喝杯茶，吟首诗。我特别喜欢夜晚的易思书院，它是那么独特撩人。晚风拂面，在舒缓悠扬的背景音乐中，躺在草地上，看星空浩瀚，听蛙叫虫鸣，偶尔有流星划过，让人既感到无边的幸福，又不免泛起一丝丝惆怅，既想吟诵一首精巧的小诗，又想把这份满足默默藏在心里。

这就是如今的傅屋村，经过改造的农村，也是您魂萦梦绕想要回到的家乡。

太爷爷，您会不会跟我一样好奇，为什么舅舅会突然回乡下建易思书院呢？我也曾问过舅舅这个问题。还记得那天，舅舅深情地望着远处翠绿的竹海，拍拍我的肩膀微笑着说："这个村子是你太爷爷的故乡，这里的一山一水，都饱含着我们的眷恋。小时候，我和你妈妈一到寒暑假，就会回到这里生活。可如今，大家因为读书和工作都去了大城市。我希望你们这些城里出生、长大的孩子，都能回到这里来，上山下河，摸鱼捞虾，挖笋炸糕，轻轻松松地接触传统，快快乐乐地体验客家文化，在这里找到童趣，找回乡愁。"

一封 家书

  易思书院建成后，获得了村里乡亲们的阵阵好评。村里的父老乡亲们积极为书院服务，不用外出，就能解决就业问题，还盘活了自家闲置的土地和空置房屋，为城市儿童提供农耕体验、民俗体验与休闲旅游场所。书院也免费向村民开放，所有的图书均可免费阅读，舅舅每年还会请北大的教授过来开公益讲座，把城里的新鲜事儿"请进来"，把村里的新奇事儿"带出去"。每到假期，外地的游客络绎不绝，一度沉寂的山村顿时又热闹起来：打糍粑，爆米花，摘玉米，烤地瓜……到处充满欢声笑语。大朋友、小朋友，只要来到易思书院，都会流连忘返。书院，不仅能依托、传承当地依然盛行的客家人耕读的传统，更是为城乡儿童展示优秀传统文化的乡村范本，推动了乡村文化建设和乡风文明。

  我喜欢书院，我更庆幸自己生活在这样有情怀的家庭；我庆幸在优良家风的感召中成长，我庆幸生活在这个朝气蓬勃的国家；我庆幸生活在这个不平凡的时代……太爷爷，我真希望您还年轻，能回来跟我一起体验一把乡村书院的生活，一起感受新时代的进步，一起体验新时代新农村的风貌！

  祝
身体健康，寿比南山！

您的孙女：熊思齐
2021年2月28日

（指导老师：曾小英）

给妈妈的一封家书

易子涵

亲爱的妈妈：

您好！

我是那个总是让您操心、恨不得塞回肚子里的女儿——子涵。或许您会奇怪，为什么我要写这么一封家书给您？不仅仅是因为这是老师布置给我的作业，很大一部分的原因，其实是与您有关。

您总是说："生活中首先要开心，其次要学到东西，最后才求回报。"简单的三条，其实足以概括整个人生。

这么一说，我突然忆起，小时候您还未与爸爸离婚之前那段难熬的日子。爸爸整日无所事事，打牌喝酒，常常输钱。你们常常争吵，从来都是爸爸挑起争端，越吵越凶，还动手打人。您从不还手，坚强地保

一封家书

护着我，扛下一切。或许在别人看来，这份坚强，是一种值得学习的好品质，可在我看来，您虽外表看上去无坚不摧，却从未对他人展露自己的真性情，冰冷得像个机器人。您从未流过一滴眼泪。"因为那代表着懦弱。"这是您说过的一句话。您也从未笑过，整天绷着脸，神色淡然，平静得让人心疼。

您知道吗？那个时候，尚小的我内心只有一个念头：让您笑一笑，或哭一次。您说，生活中，首先要开心。但是，您做到了吗？

其实流泪并不代表着懦弱，也可以作为一种发泄情绪的方式。我已经长大了，我希望您能做回真正的自己，想哭就哭，想笑就笑，女儿的肩膀随时都可以让您靠一靠。如果可以，靠一辈子，也没关系。

渐渐地，我长大了，您却老了。白发会在您昔日乌黑秀丽的长发中出现，皱纹也逐渐爬上了您以往光洁白皙的脸庞。岁月无情，在您的身上留下了痕迹。您才发觉，自己已经快五十了。听外婆说，您是高龄孕妇，生下我时，已经37岁了。您开始慌张，开始焦虑，开始害怕。只是您担心的不是您老了，而是担心如果某一天您离开了这个世界我该怎么办。

过度的焦虑让您患了焦虑症，晚上常常失眠，经常要吃抗焦虑的药物。您为了自己离去后我不至于无法自力更生，开始变得冷冰冰的。教我买菜该如何挑选，买水果时该如何辨别好坏，炒菜该如何炒才好吃，如何应对生活中的一些琐事……做得稍差，您便严厉呵斥。如果我闹脾气，您也不会像从前一样使用"怀柔政策"，给我讲道理，而是打一顿，骂着伤人的话，试图让我的内心变得强大。

殊不知，我会因此开始叛逆，开始和您对着干，甚至偷偷在背地里骂您，咒您。直到现在，我才明白，您这么做，是为了我。

其实不必的，您不必为了我而改变自己，弄僵母女关系，有什么事，我和您一起承担！

我一直都明白，别人的家庭都是双亲，爸爸赚钱养家，妈妈管理家事。而我们是单亲家庭，您不但要做家务，包揽一日三餐，教育我，还要赚钱，同时兼任父母的双重身份，担子重，很苦，很累。但是，您放心，从今往后，女儿会加油，如您所愿，自立、坚强、勇敢起来的！最后，我想和您说一个在我心底藏了很久的秘密——妈妈，我爱您！很爱很爱的那种！

祝

身体永远健康，可以长命百岁，陪伴我一生！

一直都很爱您的女儿：易子涵

2021年1月19日

（指导老师：史冬莲）

给在天堂的爷爷的一封信

谭天伊

亲爱的爷爷：

您好！

虽然您再也看不到这些文字，听不到我想对您说的话，但我还是想写这封信。特别是这个寒假，当我看完《许愿精灵祝如愿》这本书，我更加想念您。想起您曾经带给我的一切，我就想流泪。我多么希望也能遇到祝如愿这样神奇的小姑娘，能带您去吃您喜欢吃的、喝的，能给您带去我们的思念与祝福，能再带您回到我的身边，听您讲那些故事……不知您在天堂过得好吗？我真的很想念您！

爷爷，今天是您的忌日，我不由得又翻出了您留下的那个旧笔记本。您知道吗？那是您走后，爸爸在整理您的遗物时发现的。笔记本上面是您亲手抄写的我那篇作文《爷爷的军功章》。可能是因为病痛，您的手有点儿抖，写出来的字也有些歪歪扭扭，但一看到这个，我脑海里不禁浮现出您戴着老花镜，在书桌旁一笔一画，认真努力地抄写的样子，我的眼里泛起了泪花……

爷爷，虽然我是个女生，长得也比较瘦小，但我却喜欢军人，喜欢他们的飒爽英姿，喜欢他们的英勇无畏，喜欢他们的忠心耿耿。说起来，这还与您有关呢！

爷爷，我总会想起您过去的样子，作为退伍军人的您，高高瘦瘦的个子，背有点驼，走路的时候喜欢把双手背在身后，虽显苍老但步伐稳健。您的头发几乎全白了，但黝黑的脸上有一双炯炯有神的眼睛，总是能给人以力量。当您看着我和妹妹时，眼睛里又无时无刻不透出慈爱的光芒。

爷爷，我忘不了您对我的关心与照顾。每次回湖北老家，您总是热情地招待我们，给我拿好吃的，跟我讲一些您当兵时的故事，每次我都听得津津有味。印象最深的是前年五一假期，我们又决定回去了。您得知我们要来，高兴得早早地就在门口迎接我们。一看到我们的车，焦急的眼中顿时充满了笑意，那情景我至今都历历在目。回到家，您第一次捧出了一个珍贵的盒子让我看，原来那是您的军功章。我清楚地记得，军功章整体是金色的，上半部分是一个五边形的形状，刻有七颗五角星，旁边有一个类似梯形的丝带；下半部分就是一个八边形的勋章，上面还写着"军委工程兵建筑第五十四师纪念章"几个红色小字,中间是几个很特别的银色图案。我正疑惑,您便指着它自豪地给我介绍起来:这个蘑菇云是原子弹爆炸时的场景,这个高高的发射架是核导弹的发射台。这个高高矗立着的就是长征火箭。这些都是我所在的部队参与建设的。我们是两弹一星参核部队!"哇,两弹一星参核部队,太厉害了,以前我只知道您当过兵,没想到还是这么厉害的兵。"您听了,高兴地笑了。接着,您又拿起那本厚厚的书,只见封面上写着《神秘的8342部队》。我翻开书,只见上面记载着参与重庆816地下核工程建设的20028名工程老兵的名单。在"功勋墙名录"上就有您的名字,您是123团二联的一名老兵。您还跟我讲起部队的那些故事,自豪地说:"我是一名老党员、老班长!"听着,听着,我不禁对您产生了更多的崇拜之情。

您的那些故事,就像一幅幅栩栩如生的画面常常在我脑海中浮现,我身上流淌着的军人之血,也仿佛在燃烧。回去后,我便把这些写成了那篇作文——《爷爷的军功章》。而我怎么也没想到,您竟然会把我写的作文完完整整地抄一遍,还备注了一句"孙女谭天伊的文章"。您在抄的时候一定感受到了孙女对您的崇敬之情吧?您一定是充满了自豪吧?但真的没想到我最尊敬的您却在去年春天永远地离开了我们……每每想到这一刻,我心里就特别难受!特别是看到您亲手抄写的我写您的作文时,我的眼泪就再也控制不住地滚落下来……

爷爷，您真是我们家的骄傲，您的精神永远值得我学习！我想对您说："爷爷，请您放心，我不会辜负您对我的期望，会努力用自己的实际行动去做一个对祖国有用的人，会让您的军功章在我手上永放光芒！"

祝您在天堂一切安好，愿您在天堂再无病痛！

您亲爱的孙女：谭天伊

2021年2月28日

（指导老师：陈贤炳）

跟着光，走好路
——给叔叔的一封信

罗 焕

亲爱的叔叔：

您好，见字如面。

我记得在小时候，是您在老家带我上幼儿园的。那时您一字一句教我唱《爱我中华》，还让我多多少少背一背。当我能自信自如地把这首歌流利地唱出来时，我似乎从那个满是七扭八歪字迹的歌词小本子里感受到了中华民族的力量。

您说，我们的祖国经历了太多的荣辱浮沉、盛衰兴亡，而尽管这样，却还有很多人怀着满腔赤诚去描摹祖国的朝阳；您总唠叨让我好好读书，希望我哪天能执笔静坐卷前承古颂今，在新时代里回望世事枯荣，我一边哼着朗朗上口的《爱我中华》，一边想象着那些歌颂祖国的乐章流向大江南北；那时的华灯载着希望永不停歇……在这时代来临的时候，一切的繁荣都会舒展在少年的面前。

您记得吗？我四岁的时候，咱一大早就在街上吃了碗饺子，您说这段时间要回部队去了，顺便陪我吃顿好的。这时，一个衣衫褴褛，走路一瘸一拐，头发已经斑白且乱糟糟的老人突然出现在我旁边，她端着一个满是凹陷的铁碗小声细细地央求着。胆小的我被吓了一跳。您在一旁摸了摸我的头，说："尊老爱幼是我们的传统美德，我们要尽自己最大的能力去帮助真正有需要的人。"我听了以后，便伸手掏了掏衣兜，把一张揉得皱皱的五块钱给了那位老人，您也在您那压得扁扁的钱包里翻出一张50元塞在了老人的手里。

我一直以为您很小气，就比如一个大男子汉只点小份的饺子；鞋垫磨破了都不舍得换；碗里剩了半份米饭也要我舔干净……谁又知道您舍得给一个陌生人50元呢？等到长大了，我才知道您的"小气"是部队生活养成的好习惯。

后来没过几天，您就回部队了，一去就是一个月。听爷爷说，您是去东北地区救灾去了。随后我又在新闻上看着您和战友们肩上扛着沉重的包往前冲，脚下是泥水碎石，但你们依旧来回艰难地走着，你们心里或许只有四个字——"救人要紧"。你们钢铁般的意志，让我心中燃起了崇高的敬意。爷爷还说，您特别厉害，是个为咱家争光的好娃呢！

凉风又萧萧吹着，一年又迎一年。看今朝，疫情暴发时，医护人

一封家书

员逆行的步伐沉稳铿锵；火灾蔓延，消防员扛着水枪勇敢向前；洪水肆虐，你们抢险队员奔赴灾区，托举的肩膀坚定有力。

就在雨水汇成洪流的危险之时，您和无数的抢险救灾队员挺拔的身躯，也能成为磅礴的国家力量。

每当在新闻上看到抗洪抢险的情景，我的心总是揪起来，脑海中满是您教我唱歌的画面，叔叔，您一定要平安回来呀！

日有朝夕，岁有枯荣，您在部队好些年了，我也已经上六年级了，我总会在书里看见似是您的身影：林则徐的"苟利国家生死以，岂因祸福避趋之"；顾炎武的"天下兴亡，匹夫有责"……

您贡献于国家的细微光亮，照亮了我们不少人，您就是我的光，我的太阳！

虽然我还是名学生，干不出一番惊天动地的事业，但我会像您那样，怀着赤诚的心去影响弟弟妹妹，走好我们这一辈的长征路！

祝
身体健康！

您的侄女：罗焕
2021年2月6日

（指导老师：郭孟莹）

给爸爸妈妈的一封信

张丽娟

亲爱的爸爸妈妈：

你们好！

我小时候听说只要多做善事就会有天使的庇护，但我不必刻意去寻找那些"天使"，因为我的天使一直在我身边，那就是始终如一、尽职尽责地照顾我，爱护我，教育我的爸爸妈妈。转眼间我在你们的精心抚养下长大了，现在我也即将步入初中了，你们对我的爱这根无形的线越来越紧密，以更沉更具有内涵的形式展现出来。

妈妈，您自从有了我们三兄妹以后，在广州从事电子产品生产工作已有十多年了，女儿虽听到您说很遗憾没在家好好陪伴和照顾我们，但当我们提出要您回家，不要再在外面打工时，您却不肯，说让我们好好读书，以后有好的工作您就能享清福。我心里清楚得很，您这样做也是

一封 家书

为了我们将来能拥有更好的生活。妈妈，您虽工作繁忙，但基本每次下班都会给我们三兄妹致电，叮嘱我们用心学习，积极上进。每当我在无所事事时拿着手机横着屏幕点，竖着屏幕刷时，我就会想起妈妈对我说的话："当你玩得尽兴时，你的同学，你的竞争对手已经做完了你该做的题目，看了更多的书，刷了更多的题，这就超越了你一步，每天超越你一步，那你离名校的距离就越来越远，人家离名校的距离就越来越近，想想你的同学，想想你将来能否在好的学校接受好的教育，你现在就应该知道怎么做了。"这句话目前变成了我的座右铭，时刻鞭笞着我，尤其是当我有惰性时。

"父爱如山"，父爱亦是沉默，安静的爱，在其背后，却常给人无言无名的感动！爸爸，几年来，您在外奔波，顶着六月天炎热的太阳，冒着十二月刺骨的寒风。您从事装修和机电安装工作，经历不少的坎坷和磨难，往日坚挺的脊梁也日渐弯曲。为了家，您受过苦，挨过累……爸，您永远是心中的那棵坚实的大树。

爸爸，每次回老家，您都会亲自买菜下厨，和妈妈一起带爷爷奶奶检查身体，带我们去拜访长辈，以身作则，无形地在我们心中树立起学习的榜样。记得有次看电视时，看到我们祖国载人飞船发射成功时，我不由自主地说道："要是我有航天科学家那么厉害就好了，成功又有威望。"一向严肃的您提高声调说："在革命年代，我们祖国不缺舍己为国的人，在和平年代，诸多可敬可爱的科学家为了祖国的富强发达，默默无闻，夜以继日从事科学研究。孩子，每个人爱国的方式不一样，你目前的职责是好好学习，将来才有机会和能力为国家发展贡献自己的力量，这也是爱国的表现之一。"听完父亲的这番话，我顿时明白，即使像爸爸妈妈一样，在平凡的岗位上工作，也是为社会做贡献。今年春节爸妈回来过年时还自愿做村口防疫工作志愿者。习近平爷爷说过："平凡铸就伟大，英雄来自人民。每个人都了不起。"在我心目中，爸爸妈妈就是伟大的。

每家每户都有独特的家风，好家庭必有好家风。我们家勤劳、勤俭、敬老等家风让我受益匪浅。爸妈，我家的好家风犹如春风，让我沐浴着，享受着，并伴随我健康成长。

今年，我也十二岁了，十二个年头，你们给予我的是如此的多，一点一滴，虽没有什么轰轰烈烈的壮举，但却让我拥有了你们最无私的爱，千言万语说不尽。最后想以习近平爷爷的话来激励自己："征途漫漫，惟有奋斗。"我此刻只想用好好学习，积极奋进来报答你们，用我的实际行动来说明一切。爸妈，谢谢你们！在此，女儿给你们送上深深的祝福！

  祝
身体健康，工作顺利！

爱你们的女儿：张丽娟
2021年2月

（指导老师：陈春英）

醉美永庆坊
——给堂姐的一封信

林子皓

亲爱的堂姐：

你好！见字如面，甚是想念！听说你已经考取了剑桥艺术设计院，我们全家都很高兴，并祝你顺利完成学业！你移居英国已经近三年，学业繁忙都没能回来团聚，奶奶很想念你。你还记得吗？我俩小时候总是去奶奶家，在恩宁路骑楼间的狭窄小道上奔跑追逐，吃奶奶做的点心。那时光多么令人回味呀！

最近，我陪奶奶回到了阔别几年的恩宁路，特地到老屋旁边的永庆坊逛了一圈。那里的变化可真大！骑楼古巷依旧，但经过统一修复，面貌焕然一新。我以前从没这么欣赏过老街的一切：米黄夹杂着灰白色的墙壁，阳光照在满洲窗上，一块块细小的彩色玻璃在墙上投

下五彩斑斓的光影,似乎在演绎着西关小姐的典雅生活。老街的骑楼,小街巷里的旧书馆、古玩店,街边的旧式单车,还有专注打造铜壶的匠人……都成了游客打卡的网红地点。这里的改变就如习爷爷提到的"让城市留下记忆,让人们记住乡愁",特别能勾起人们怀旧的情绪。

姐,你很久没尝过广州地道的点心了吧?我和奶奶在永庆坊老字号——泮溪酒家,替你尝了个遍。美味的点心,精致富有创意的艺术摆盘让我大开眼界。晶莹剔透的虾饺皇点缀在雕成莲花的红萝卜中,颇有禅意;酥香可口的榴梿酥与小竹筒拼成的台阶摆在一起,相映成趣;软糯香甜的流沙包在干冰的白色雾气中若隐若现……品尝点心就如同在欣赏艺术品。传统的广府点心配上富有创意的造型设计,竟如此吸引眼球!我们坐在荔枝湾边品尝一壶壶冒着热气的工夫茶,空气中氤氲着悠然的香气。白发苍苍的老爷爷给牙牙学语的孙子喂稠滑的艇仔粥,年轻人陪着老人谈笑风生,津津有味地品尝各式美味的点心,其乐融融。我突发奇想,如果你能把艺术设计与广府点心相结合,推介给外国人,让更多外国人了解广府点心与中国文化,岂不美哉?奶奶十分赞同我的想法呢!

在永庆坊,我和奶奶专门体验了广彩制作,陈列在柜台里的广彩瓷器流光溢彩;小巧的瓷盘上,牡丹娇艳动人,鸟儿小巧可爱,栩栩如生;精致的瓷瓶上,宫女婀娜多姿,用色清新淡雅;玲珑的瓷壶上,亭台楼阁构图繁密,华贵艳丽,金碧辉煌。姐,你要是亲眼看到这些艺术

一封家书

品，一定也会像我们一样赞不绝口。

在体验区，人头攒动，我有幸见到了广彩非遗传承人谭广辉老师傅。他正在教一群年轻人描绘、填色。心血来潮，我想着制作一个广彩瓷盘作为新年礼物送给你。我设计了一个房子形状的五彩火车头，寓意你就如这积极奋进的火车头，不断前进，我们的生活也像这火车头，开启新的征程，实现新的目标。奶奶还提议，把林氏家训——"刻苦读书，学成报国"写上去。她希望我们能努力学习，成为有用的人。我跟着老师傅打墨稿，描线条，填色，洗染，勾勒金边，很快完成了创作。我想，等它烧制完成，一定流光溢彩。写着写着，我突然陶醉于这里的一切，在这人来人往的商业圈里，人竟也能慢下来，体验传统工艺的美。对了，你是学艺术设计的，相信一定会喜欢我的礼物！

奶奶曾经告诉我，过去恩宁路颓败的街巷大部分居住的都是老人，街上飘满中药味。这与我今天看到的截然不同。改造后的永庆坊，不但保留了广州的传统文化，更打造了开放的创业生态圈，吸引了大量前来创业的年轻人和企业。习爷爷曾在2018年考察永庆坊，对永庆坊的改造赞不绝口。永庆坊成了全国旧城改造的典型，作为广州人，我为它而沉醉，为它而骄傲！

姐，恩宁路承载着我们童年的许多美好回忆。如今，永庆坊的变化见证了政府旧城微改造的成果，见证了广州人对传统文化的学习传承和

守正创新，见证了这个城市的突飞猛进。我刚上初一，一定会以你为榜样，为理想而战。当你学成归来，我们一起游永庆坊，肩并肩为我们的家乡——广州贡献一分力量。"刻苦读书，学成报国"，也正是奶奶对我们的殷殷期许！

  祝

学业有成！

堂弟：林子皓

2021年2月7日

（指导老师：欧雪仪）

星河·心语

孔 瑗

爷爷：

见字如面。

最近您的身体可好？星月有声，是飘逸的银色琴弦，弹拨起身处远方的我的重重心事。

偶然间，信步游走在异地的水乡。一阵欢悦的歌声隐隐约约传来，"小船绕村走呀……融进百花州"。我下意识地抬头，宁静的心湖被歌声打碎。在一片朦胧与晶莹中，您的笑靥浮出了水面。

是的，同样的一支歌，在五年前的那个仲夏里高高低低地回响。印象里那淡淡的、疏离的薄烟笼罩在故乡的上空，徽派的居室如未经装束的少女，亭亭玉立在烟雨中。不久，雨停了，青蓝的天空与一座座参差

的拱桥都一点一点地被晚霞镶上金边，拱桥上的石狮也在吞吐着火球。载着我俩的乌篷船漫溯于河中，像极了结着丁香一样的愁怨的姑娘的眼泪，又如渗透了宣纸的墨迹，渐渐晕染开来。我的童年，就在这令我梦牵魂绕的水乡度过。

"爷爷，这条河多大岁数啦？"我扬着稚气的小脸问道。

"哎呀，它年轻着呢，爷爷的爷爷小时候就有了，我还在里面摸过鱼，捉过虾呢。"

"还有青壳螃蟹！"我咯咯笑了起来。

您也被我逗乐了，我便得意地将小脚左一下、右一下，不停地拍打水面，月光碎成一片片映照在船桨上，水花溅到了您的脸上，我又扑哧一声笑了，您也不生气。天上的繁星落到了河里，晚风搅碎了一河烂漫。那景象带着一丝甘甜，万缕朦胧，晕进了我的心里。

爷爷，您还记得我们爽朗清脆的笑声，与圈圈涟漪、滚滚星河奏响的仲夏夜之梦吗？

两年前的中秋前后，您为了响应脱贫政策，作为一个退休干部，带领全村会划船的老人当起了水乡的游览船工，以此补贴各家家用。可那日小伙伴拉我同行，拦下了一只乌篷船正准备好好欣赏美景，小伙伴笑嘻嘻地钻了进去，不得已我也坐了下来，抬眼却看见一张熟悉的面孔，是您。

一封家书

您黝黑的脸庞，乌黑的手掌，破了一个洞的裤子，和船上缠绕着的色彩斑斓的装饰彩带形成鲜明对比，我刚准备喊出口的那声"爷爷"又硬生生地憋了回去。我们都很难堪，不知出于什么心理，我只是深深埋头，生怕您那句脱口而出的"妞儿"伤了我在小伙伴跟前的面子。

风淡了，我的心沉了。您的眼睛从最初的惊喜到中途的挽留再到我们下船时的无奈。回去时我默默地走在青石路上，望着您渐渐远去的背影，以及逐渐变成一粒黑芝麻的乌篷船，我的心里有了一丝酸楚，难以言传。舟影已远，渔火已逝。晚风中发丝在脸上肆无忌惮地舞蹈，时间停在脚尖对青石板叩问，仿佛一切都在指责我的过失。

"吱呀，吱呀"，木桨发出的悠长声音，在风中凝结成了一块琥珀，深深刺痛了我的心。我真的做错了，只希望您能折回来，把我像小时候一样小心翼翼地放在船上，哪怕再叫我一声"妞儿"，我已知足。

次年寒假，我再一次回到家乡，可谁知新冠肺炎疫情的汹汹而来，打乱了大家春节返乡的步伐。您作为老党员，自愿在村中坚守，只是临走时，满怀歉意地对我说："妞儿，今年陪不了你游冬河，你没怪爷爷吧？"

我摇摇头，又点点头，因为我在您身上看见了保留的年轻干部的作风，雷厉风行，没有畏难情绪。和您在一起，只觉温馨不已；即使暂时分开，我也要坚强，向您学习，做一个对国家、对社会有用的人，以表达我对您的愧疚之心与感激之情。

今年的疫情依旧严峻，为了不给国家添乱，我们选择了留在这里。不知在家乡的您，是否也在积极地响应抗疫行动？

思来想去，笔尖在信纸上重重晕开一个墨团，我想与您有个约定，咱们等到抗疫胜利，一块儿游一次河。我想牵着您的手，走在去往码头的青石路上，再次成为当年那个缠着您去游河的我。

耳畔，空旷的桨声搁浅窗外，缥缥缈缈，乌篷远去。而此处，亦有声，是万众一心的呐喊，是直面疫情的庄严宣誓，是一线战士的主动请缨，是中华民族的强国之声。

相信我们全国一心，满天星辰聚成的心将是团结之火，战胜疫情，点亮明天，点燃希望，点亮故乡的那条河。

亲爱的爷爷，一封家书，见字如面。纸短情长，写的是情，诉的是念。

祝
身体健康，笑口常开！

您的孙女：孔瑗

2021年1月12日

（指导老师：郑结铭）

隔桥相望，纸短情长

✉ 傅 迎

亲爱的外公：

您还好吗？

在遥远的、无法触及的彼岸，您过得还好吗？我们相别已久，去见您，我还需走好长的一段路，可我们的心却一直在一起！

妈妈和我说了建桥的事儿。今年若有机会回去的话，我一定再去看看。妹妹说您留下来的东西太少了，几张旧照片，一份"热心教育"的奖状，外婆口里的几则轶事，除此之外，再无其他。您觉得呢？您其实留下了许多啊！那些事，都留在妈妈、舅舅他们的心里了，是深深地埋进去，嵌进去的。您能否想象得到妈妈跟我讲您的故事的时候那骄傲自豪的神情吗？妈妈的眼睛清澈透亮，闪着璀璨明亮的光。若有那一小块浑浊的地方，必定是包含了太多复杂的情感。妈妈讲故事时的语调有如澎湃的激流一样昂扬、汹涌翻腾，您的故事在她的唇间成为一段传奇。"赞美你外公的话实在太多了，真不知从何说起……"妈妈对您，怀着一种多么崇敬的情感啊！

她说，您在大寒冬猛烈的冷风里下河作业，浸泡在冰冷刺骨的河水中一定不好受吧？您究竟是怎样挺过寒冷河水一寸一寸刺骨的入侵呢？您究竟是怎样挺过凛冽冬风一轮一轮无情的嘶吼呢？听妈妈说，那时候乡下穷，条件艰苦，建桥说不定比我想象中还要困难。但您锲而不舍地奋斗，终于建成一座现代化的桥。

大道如砥，行者无疆，您为村民们带来了福祉。您可曾为此骄傲自豪？这座凝结着您的汗水与智慧的桥，就站在那里，地图上看不到，新闻上找不着，或许小镇上的人们每日走着这座桥，他们已然不记得您的名字，但您的贡献是实实在在的。老师说，那些为我们这个国家做过贡献的人，不是每一个都会被铭记，但都一样伟大！

您是我的榜样！"泯躯而济国"，您在20世纪80年代拼搏实干的精神，坚定不移的意志，需要由21世纪的我来学习、传承！对于新时代的我和我们，没有深不可测的鸿沟裂谷不可跨越，没有巍峨崎岖的磐石巨山不能够翻越，只因为有您和你们的精神在指引我们！我们的世界是如此广袤无垠，我们有满腔热情，可以为这个世界抒发。"创造新陆地的，不是那滚滚的波浪，而是它底下的细小的泥沙"，即使是在光鲜亮丽的舞台后面，我们一样可以发光发热。我们做的贡献一样是贡献，并且这些贡献十分必要，不论大小，因为当它们凝集起来时，散发出的光

一封家书

芒将无可比拟！平凡是基石，平凡一样伟大，当年的您，是否也有这样的想法？

妈妈跟我说，您教会她做人不一定要出人头地，不需要有多么光辉的皇冠加身，平凡就好。但平凡不意味着平庸。我们需要拥有做人最基本的品质：孝顺、善良、诚信……再者，要对家庭、社会乃至国家有所贡献。我们还需要追求一些精神，那种逾越困难、向上进取的精神，那种实干为要、脚踏实地的精神，那种心系人民、无私奉献的精神，那种淡泊名利、真诚坦荡的精神。妈妈说，她相信这些话，她希望我也能理解这些话的含义，把祖辈的精神传承下去。

外公，今年二月二十三前后，在那座桥上，托微风再给我细细地讲您的故事吧！

此致
恭叩金安！

您的外孙女：傅迎
2021年3月6日

（指导老师：刘广玲）

给爷爷的一封信

何晓岚

亲爱的爷爷:

您好!

新春佳节,年味浓浓,不知您过得如何?今年由于疫情原因我未能前去探望您,心中积攒了太多的话想对您诉说,心里不禁涌起思念的浪花。于是我打开对话的窗口给您写了这一封家书,以字传情。

忆起少时,您常常摇着蒲扇给我讲:"一家仁,一国兴旺;一家让,一国礼让。"我不解,您拍拍我的头,笑着说:"家庭与国家密不可分,我们要履行好自己的职责,国家才会强大。你要永远热爱祖国,热爱那高高飘扬的五星红旗!努力奋斗,报效祖国!"八年过去了,这段话仍刻在我的脑海中,爱国、报国已成家风,渗入血液,刻入骨髓,影响着我、震撼着我。

一封家书

这个春节，有一亿多人同我和爸爸妈妈一样选择了就地过年。我和您通过视频通话终于见上一面，虽未能与您拥抱，但是看着您慈祥的笑脸，我心中已满满是幸福。其实所有"舍小家为大家"的坚守，又何尝不是为了你我的平安顺遂，为了未来更好的相聚。家国从来是一体，心在一起，就是团圆；胸怀家国，就是爱国。

您曾问我："应当怀揣怎样的梦想去报效祖国呢？"时至今日，我终于找到了答案。昔日，无数革命战士不惜抛头颅为祖国；今日，在国家危难时刻无数逆行者挺身而出，甘将热血沃中华。面对病毒他们也会害怕，他们也有父母妻儿啊！但为了国家，为了人民，他们义无反顾。您看着报道热泪盈眶，含泪讲述着您年轻时作为一名铁道兵一口馒头一口咸菜修筑成昆铁路的艰苦岁月。正是你们的付出，为国家带来了发展与繁荣。你们用行动告诉我什么是奉献，什么是担当。未来我也要成为像你们一样的人，英雄的模样在心中雕刻。此刻我明白了：也许每个人的梦想各不相同，但是都应该有一个共同的目标——让祖国更加繁荣昌盛，让人民更加幸福美好。孟子有言："天下之本在国，国之本在家，家之本在身。"所以归根结底，中国梦、民族梦正是无数个个人梦、家庭梦交汇，成为一条奔涌向前的河流。

爷爷，谢谢您。正是您的教育和优良家风的熏陶，使我明白了什么叫作家国情怀，也真正懂得了何谓青年担当，何谓青年梦想。爱国、报国已经深深刻入骨髓，我不会忘记！我将胸怀家国，将个人梦与中国梦合流，与民族梦交汇！

爷爷,"少年强则国强",我必将不负您的期望,拼搏奋斗,牢记家国忠训,传承优良家风,心怀远大梦想,爱国、报国,努力实现中华民族伟大复兴的中国梦。时代的河流奔涌向前,我愿投身其中筑梦远航!我坚信,祖国的未来必将更加繁荣,更加美好!

  祝
身体健康,万事如意!

您的孙女:何晓岚

2021年2月28日

(指导老师:江丽华)

写给妈妈的一封信

高 妍

亲爱的妈妈：

您好！

这是一封严肃的信。您前些阵子在看"中国核潜艇之父"的介绍视频时，突然对我说："现在这个时代，年轻人都不像以前那样为国为民了。还是老一辈更注重奉献社会。"这引发了我很大的思考。作为青年人，家国情怀对我们来说意味着什么？对于像我这样的小人物，家国情怀的意义是什么？

书上记录了无数歌颂家国情怀的名句，您上周还给我听写了"位卑未敢忘忧国""天下兴亡，匹夫有责"。那时我突然想起您的感慨。我也无数次听其他的长辈说过这样的话。在你们的口中，我们好像是垮掉的一代。"现在的年轻人"成为一个摘不去的头衔，像罪状一般高高悬挂着。我看着您追忆过往似水年华时，您的脸色是那么温和和幸福。我把它解读为经历一个灿烂的黄金时代的骄傲——您说着说着挥舞起拳头，好像拥有了一整个时代。我确信您认为您是时代的主人——"为这个社会我做出了我应有的贡献。"您幸福洋溢的面庞折射出那个时代的动人光彩，让我好奇这究竟是怎样的心境，怎样的岁月，造就了这样的人。可是就在这时，您伸手拍了拍我的肩，说我赶上了一个好时代，下一代的责任就在我们身上了。刚听过激昂慷慨的对于付出与无私的演说，我只感到迷茫和恐惧：我担心我接不过这样沉重的担子。您对我的信心从何而来？为什么您可以在反复咀嚼、倾吐过去艰难的岁月中品味出满足？每日赶五六里山路上学，做不完的农活，弯着脊背做鞭炮，却连镇上那条心爱的羊毛围巾也买不了，只能穿破衣服……在那片贫瘠的土地上，是怎样的信念支撑您一路走来？我不敢抬头，拍撞上那份殷切的目光。"要读书，要奋斗……"可是难道这样，我们下一代，便可以坚定不移地接过那沉重的职责了吗？于是，一切便坍缩为一个年轻人对于家国情怀的迷茫，那是对于无法找到家国与自身的联系和牵绊的无助。

是的，请您看看，我们现在的青年人，或许如同我一样并不自信自己有接过家国重担的能力，满腔热情逐渐消融在质疑声和迷茫之中。但我同样知道，我们这一代青年人，注定会成为国家的栋梁、社会的中流砥柱、家庭的主人。我也明白家国情于我的重要，可我还不敢说自己明白它。我相信它，却始终对于它的赞颂抱有一份警惕：我害怕当我彻底沉浸在这些赞美中时，就会模糊赞美本身的意义，吞噬了自我本就不太

85

一封家书

坚定的理解与思考，最终彻底失去对于是与非的判断能力。

  我是始终相信您所说的"社会责任"与"家国情怀"的意义的，可我同时也要提醒自己：去着重发现这种情怀为我们带来些什么，而不是一味地歌颂、过分地强调它的优越却模糊它的目的，这只会让它本身显得空洞无力。我们需要了解更多家国情产生的原因，国之崛起对家对民之利……我想实打实地感受国家与我们之间切实的联系，家国情对我们行为上的影响——透明化可以增强信任感，可以真正地扫去疑问和迷茫。我想知道，如何理解国家利益是公民利益的最大化，为了这些我们能做些什么。有了透彻的领悟，才有坚定的信念。

  我衷心希望，在我写下这封信之后，在您阅读这封信时，在这次书信大赛及以后，会有更多关于家国的思考，更多为家国而发的不同的声音。这些不同的声音，是老一辈的换位思考，也是我作为"这一代年轻人"对于您开头那番话的回复。

  祝
身体健康，万事如意！

您的女儿：高妍
2021年2月10日

（指导老师：郑文富）

给妈妈的一封信

袁 欣

亲爱的妈咪：

您近来身体可好？因产我而留下的病痛常常折磨您，但您总是默默忍受，从不主动向我提及，也从未嗔怪过我。每每看见您的包里又藏进了新的药，我的心就揪作一团，再望望前后忙碌的您，我后悔莫及。

您对我非常重视，尽管没有亲人在身边照顾您，我出生前您还是读了大量的书籍来准备迎接我的到来。从小您就给我买许多有趣且有益的书，耐心地陪我阅读，使我很早就懂得很多道理，学会独立思考。您常常主张保留孩子的天性，当别的父母都担心孩子在水泥地上奔跑，在沙地里翻滚会磕着碰着而不断阻止他们的时候，您总是放我尽情地玩，让我获得了许多别的孩子没有的童年快乐。为了让我看看外面的世界，您

一封家书

不顾劳累地陪我去旅游，带我游览中国大好河山，去感受那异乡文化，去感受那自然之美。

您向来朴素节俭，平时的衣服总是几年才换新，有破损的地方常常首选缝补，因此我也不会受周围人影响，为了随大流而花钱追时尚。但是对我的教育、吃食和小小的生活仪式感，您从来没有吝啬过一分钱。在家不论多累，您也会准备好优质的食材做符合我口味的饭菜给我吃；值得庆祝的日子里，例如我的生日和取得好成绩的日子，或者是突破了自我的一天，抑或仅仅是感到快乐，您都会带我去我喜欢的餐馆吃饭，尽管您并不爱吃那里的菜。

您对我的教育都是在潜移默化中形成的。我深受您的生活习惯的影响，也深受您的思想品格的影响。从我小时候开始，您一直跟我聊天，我们的对话是心灵的沟通，是真正的思想交流，让我汲取到了您珍贵的人生财富；每次我和您谈到自己喜欢的事物，您总是默默牢记于心，给我惊喜。我们聊天时，您从未说过那句许多大人都爱用来敷衍孩子的话"长大就懂了"。我们无话不谈，我们分享每天的心情，是开心就会有双倍的快乐，是悲伤就能帮忙减轻一半。我们之间没有严肃的说教，而是知己般提出忠言，我明白，那都是您发自真心的关爱，因此，您是让我真正愿意袒露心扉的人，也是我最好的朋友。

我们表达对事对物的情感和看法，当听说一个人对待恩人忘恩负义还背后插刀时，您会感到愤懑不平，为这种人感到可耻，我便懂得了要做一个有感恩之心的人；当听到冰山融化，在惨死动物体内发现大量塑料袋等垃圾的消息时，您会感到痛心疾首，并带领我逐渐养成用环保袋，节约能源的习惯，让我明白保护自然是我们的职责；听到下三烂的话语，您会嗤之以鼻，让我明白应远离低级趣味；听到穷苦地区人民的艰难生活，您会充满同情和忧伤，让我明白幸福来之不易……我们聊自己产生的奇思妙想，对于生活中的现象产生的思考，您还会鼓励我去思考解决问题的方法，让我对生活中的未知充满好奇。我们聊新闻，聊国家大事——这次新冠肺炎疫情中，白衣天使们面对病魔冲锋陷阵，全国上下一心遵守疫情防控要求，国家积极提出应对政策，发放福利，以人民生命为重，使我们深受触动。我们中国有着千年的传统文化，中国人从小就培养出了家国情怀，明白"家是最小国，国是千万家"，有着坚贞不屈的民族精神，"天下兴亡，匹夫有责"。我想起，您从小都没要求过我要成为什么样的人，没有让我立志要变得富有或出名，唯一告诉我的是："要做一个对社会有用的人。"尽管做一个普通人，也要平凡得伟大，为他人，为社会，为世界带来哪怕一点点改变和力量，就是做人的真谛。我将它铭记在心，盼望着自己能做到，并无时无刻不在努力。

……

您为我做的太多太多，是言语无法形容的伟大。我怕赞歌似的感谢会过于富丽堂皇；又怕用诗意来表达，语言过于单薄，最终才明白，您所做的一切就是最好的体现，于是我如数家珍将它们细细罗列，但您那么多的良苦用心，又怎能用一纸家书写完呢？

一封家书

  我们家的家风，没有悠久的历史，没有深厚的底蕴，没有成文的规定，全靠您的一言一行渗透在我生活中的方方面面——是朴素勤俭，是高洁正直，是思考独立，是"位卑未敢忘忧国"，是"宁天下人负我，毋我负天下人"，是做人为本，是奉献终身……无言的家风，无不深深刻在我的骨子里，我必将它们作为一生的标杆，传承下去，弘扬它们的精神。

  此致
敬礼！

您的女儿：袁欣
2021年2月19日

（指导老师：林思敏）

一封家书

韦嘉禧

敬爱的父亲：

见字如面。

此刻窗外万家灯火，家家户户亮起的微光照亮了黑夜，如银河般璀璨。不远处传来震耳的鞭炮声，楼下弥漫着孩童的欢笑，一束星光划过天际，烟花在黑幕上绽成了好看的图案，绚丽无比。

春节的气氛还未散去，您又开始为工作而奔劳。看着您青丝里夹杂的银发随着时间而增加，我心里头一阵酸涩。

您常常挂在嘴边的是过去的日子：做过三轮车师博，半夜拉客的时候被劫去了一周的血汗钱；做过货车司机，送货的时候出了车祸，肚子上留下了一道触目的伤疤；住过最脏最乱的出租屋，连续一个月都吃

一封家书

着最便宜的方便包……您在说这些的时候，嘴角挂着苦笑，眼里布满辛酸。但不一会儿，满足的神情重新挂在了您的脸上，眸子里的光被"幸福"所命名。

"唯有奋斗才能得所愿。"这是您常告诉我们的，过去的我并不理解您，只会天真地觉得您的陪伴才是表达爱的唯一方式。那天我又向母亲埋怨您又不回家吃饭，积压在心底的情绪爆发出来。母亲对我说："你父亲是家中的长子，年纪轻轻就要挑起大梁。他老实，为人善良，也有着不一般的理想。让家人过上好日子便是他一直为之奋斗的目标。时刻为他人着想，总想着独当一面的他坚信奋斗便会有回报。不善言辞的他一直在用自己的方式表达对我们的爱。"

夜微凉，母亲的话很温暖。我开始想起每一个您晚归的深夜，每一次您皱起的眉头，每一条刻骨的皱纹，它们都是您奋斗的勋章。

这几天我看了一本书，叫《因为爸爸》。主人公金果的父亲金秋是一位人民警察，常年奋战在第一线，勤勤恳恳地为人民服务，最终不幸地倒在了工作岗位上。他生前的日记本里有这么一句话："我要做一寸阳光、一滴水、一颗小小的螺丝钉。"他是平凡的父亲，亦是人民英雄。有多多少少像金秋一样的战士甘愿牺牲自己，为了心中的信念而奋斗着，诠释着人间大爱。

"幸福是奋斗出来的。"这句风靡一时的金句依旧不过时。中华民族的文化之所以灿烂，必然是因为有那一群愿意为其奋斗和拼搏的人民。

奋斗，早已不是简单二字。它是无数冲锋在前的身影，它也是无数在深夜中亮起的微光，它还是您头上那数不清的银丝。

夜晚的路灯还未熄灭，街边的早餐店冒着蒸汽，环卫工人扫着落叶。城市的繁荣之下是人间的烟火，是奋斗的多种姿态。"唯有奋斗才能得所愿。"我却忽略了您在证明这句话所经历的无数个日夜。

征途漫漫，惟有奋斗。而我，也将把稚嫩藏起，踏上旅途，寻找奋斗的答案。

祝
身体健康，万事如意！

您的女儿：韦嘉禧
2021年3月5日

（指导老师：周锦丽）

给外公的一封信

吴 彤

亲爱的外公：

　　展信佳，您在养老院还好吗？已有大半年没见了，我对您的思念只增不减，今天回了家乡，忙着收拾了一天。今夜的月亮孤零零地挂在天空上，光洒在树上，斑驳的树影洒落在青石板上，院里的桂花树生机盎然，随着微风摇曳，让我想起了小时候的事。

　　您教给我们热情之风、节俭之风和好学之风。

　　还记得我小时候与您同住，每到金秋佳节，您便会去院里摘桂花做桂花糕。您会起个大早带我到院里摘桂花，金黄的花沾着早秋的露水像一个刚戏完水的孩子，生机盎然。摘完后，您忙碌大半天做桂花糕，专属于桂花的香甜味道弥漫在院里，同时也吸引来了不少"小馋猫"。

一群孩子围在圆桌边等着品尝那美味，但我往往都站在最外边的位置，等到最后。等待的时间里，我问您："为什么我要最后吃啊？"您听后，笑道："因为他们是客人，我们没有什么可用来招待的，只能拿出热情来待客了！待客最需要的就是热情了！"

虽然那时年幼，可这句话仍被我记到现在。

每逢过节，家家户户的桌上都摆着美味佳肴，基本每顿都不重样，而我们家往往第一顿是最丰盛的。吃不完的菜就留到下一顿，只有连吃两顿依旧没吃完的那些菜才给家禽吃。起初我还不解地问道："外公我们为什么还要留到下一顿啊？"您慈祥的眼神中带着让我不解的神情，说："因为这些都是农民伯伯的心血，不能浪费啊。"直到再长大一点，我才明白这叫节俭，也明白了当时您的神情是对食物的感恩。

您虽然年事已高，但为我树立了一个"活到老，学到老"的榜样。有次过年，邻居家挂了几个灯笼，都是纯手工制作的。大红的灯笼像太阳似的照亮了街道。这让您起了兴致，之后您便去找邻居学习制作方法，还试着创作。一有时间您便去杂物房做灯笼。那段时间，我们打开房门便看到暖橙色的灯光如夕阳般洒在您的身上，您弯曲的背影映在地上。

当时母亲还劝阻您，却被您一句"活到老，学到老"给堵住了。您那时坚决的眼神，那铿锵有力的声音印在我的脑海。

一封家书

  我坐在小时候的书桌上，看着院里的桂花树，现在它长满了绿叶，散发着勃勃的生机。到了秋天，花会从小小花苞中钻出，嫩黄的，好像一掐就能出水。

  时过境迁，原本年幼的我已经长大了，您的背也越来越弯，您那温和却有力的声音还在耳畔，那是您教给我们为数不多的却永远伴随着我们的东西。

孙女：吴彤
2021年3月5日

（指导老师：陈海红）

一封家书

刘宇希

敬爱的爸爸：

展信佳。

时光的手翻云覆雨，流光一瞬间，我已从稚气未脱的孩童成为懵懂渐褪的青年。自幼未曾以家书表意，今日却兴来下笔成此篇。然"家风家教"为何物，幼时不知，大亦未晓，却在日复一日的与您相处中懂得，家风之传承，不过您言传身教，我耳濡目染而已。

您从未教我读曾国藩，却教会了我清廉为人、勤俭处世。曾文正以清廉家风而闻名天下，以"勤于邦，俭于家"戒之后代，一生恬淡如水，时刻恪守勤俭的处世原则。从您的身上，我看见了他的影子。不烟不酒，携坦然与从容处于饭局上的相互攀比声中，这深深烙印于我的脑海中，使我在奢侈名牌前能淡然处之、一笑而过。

一封家书

　　您从未教我读《诫子书》，却教会了我静心学习，沉淀积聚。"非淡泊无以明志，非宁静无以致远。"您时常教育我摒除杂念干扰，潜心读书，与诸葛亮对其子之教诲不谋而合。正如林纾所言："用功学习虽是苦差事，但如同四更起早，冒着黑夜向前走，会越走越光明；好玩乐虽是乐事，却如同傍晚出门，趁黄昏走，会越走越黑暗。"正因如此，我在您的教导中不断明白，"生活本就是一餐一饭，一生做好一件事"；我也在您的叮咛中逐渐放下玩乐之心，期冀"广才"而"成学"。

　　您喜品茶，闲来则翻箱倒柜，烧水洗盏，兴来则如数家珍般一一评点，留茗香萦绕唇齿间。您读马未都，哀悉数宝物流亡在外，赞其奉献精神为国争光。时常见您流连于古玩商店，您视传统文物为掌中之宝，珍爱之心可见一斑。幸得如此，对中华传统文化的热爱早已化作一枚待萌芽的种子深栽于我心田。

　　您是中共党员，虽不从政，却时常关注新闻政局、国家大事。抗疫期间，鲜有落泪的您却一再热泪盈眶，原是为青年一辈勇挑责任重担，奔赴远方抗疫。《傅雷家书》中写道，"做人"广义地理解，是对集体，对国家和人民负责。"要把自己的理想同祖国的前途、把自己的人生同民族的命运紧密联系在一起，扎根人民，奉献国家。"习近平总书记的告诫更是字字如金。幸得如此，我虽年少却有一颗火热的心，不求丰功伟绩，但求以青春热血绘祖国蓝图。

　　古语有言："爱子，教之以义方。"梁衡也曾写道："思想这面铜镜，总是靠岁月的摩擦来现其光亮。"时光流逝，方才醒悟："义方"者，家

风也。而"家风"者，家国情怀也。家是最小国，国是千万家。古往今来，多少家书不远千里牵起家与国，多少华夏子女，以家书铭志，志在报效国家。

从前慢，驿寄梅花，鱼传尺素，盼雁足传书；而今展，家风永传，拙书一篇，期与国恒昌！

此致
敬礼！

您的女儿：刘予希

2021年2月19日

（指导老师：王丽香）

给外婆的一封信

梁靖瑜

亲爱的外婆：

展信佳！

近日听闻未曾就学的您于古稀之年触摸到汉字的方圆，我不禁有欣慰欢愉之感，甚至眼角泛泪，百感交集于心。的确，于您而言，一路风雨兼程绝非易事。

当您第一次执笔，歪歪扭扭地以孩童般稚嫩的笔触一遍遍写下《心经》，那执拗而显天真的字迹透着一股于土中悄然氤氲而后疯狂抽长的韧性——就像您一样，外婆。

韧，是您要求大舅教您写下的第一个字，亦是您数十年来治家理事的准则。从劈柴种花到烹饪料理到织衣绞面，从一九四九到一九七八到二〇二〇……无数风雨飘摇的动荡岁月，您以"韧"渡漫江疾雨；往昔寻草食根的贫穷光景，您以"韧"破前路棘丛；而如今社会已小康，您不忘沟壑，仍要以"韧"一苇以航。

您嘴边常挂着些腌渍了几十载的土道理。您常说："冬天里敢撒腿狂奔的马才是好马。"这使我想起作家三毛曾说过："磨炼这回事情，就如同风雪中的梅，愈冷愈开花。"您可贵的"韧"成为一豆蹿动的烛火，煜煜火光点亮子孙成长路上的灰雾迷惘，耀泽家族上下。我身上也有了一股"韧"劲，有了"明知山有虎，偏向虎山行"的果敢；骨子里也有了一份"韧"性，有了遇艰弥坚、遇苦弥定的勇毅。

外婆，您知道什么是咱们的家风吗？家风当然不是什么空调、电扇吹来的风，您的"韧"就是一种家风，是我们家一贯而终、矢志不渝的信念。

家是构建国的一块砖，是铸造国的一方土。从我们小家推衍到一国上下，都应有一份融入骨血的家风，有刻入脊底的图腾。流光一瞬，华表千年，瞻历史纵横，蔚蔚家风如潮；仰名人光耀，汤汤家训似海。《颜氏家训》言："光阴可惜，譬诸逝水，当博览机要，以济功业。"惜时有为是他们的家训；《朱子家训》道："器具质而洁，瓦缶胜金玉；饮食约而精，园蔬愈珍馐。"黜奢崇俭是他们的家风。而我们的家风"韧"，皆融于一粥一饭，无一言而胜千言。

万卷藏书宜子弟，十年种木长风烟。"韧"自是外婆您的无字千金

一封家书

方。《大学》中言:"家齐而后国治,国治而后天下平。"所谓家风正,民族兴,放眼当今社会,在蓬勃葳蕤之中国,也需要有这份"韧"。中国核潜艇之父黄旭华,数十年隐姓埋名甘于寂寞,以"韧"书大义奉献;"文学洛神"萧红于苦难中心系家国,以"韧"展生命悲悯。而我们青年一辈,更将怀揣家国大梦,于漫漫黄沙拂历史尘埃,于四海九州觅赤诚丹心,于都市锦绣窥暗角盲区。"冀以尘雾之微补益山海,荧烛末光增辉日月。"我们要以家之微芒,益国之日月,更应传家风之浩荡,展大国之宏光。

外婆啊,我们"韧"的家风,定要世代流传,一如千年之幽泉,一如婉转流芳的古曲,于岁月洗刷下历久弥新。习近平总书记道:"艰难方显勇毅,磨砺始得玉成。"我们在神州大地上持韧剑,秉韧性,立韧行;于凤凰花下厚于德,诚于信,敏于行,毕力勾皴擦染海晏河清!

望外婆一切安好,岁月欢愉!

爱您的外孙女:梁靖瑜
2021年2月21日

(指导老师:王丽香)

家事国事，事事关己

曾　荻

亲爱的外公：

您好！

见字如晤！自从疫情暴发以来，我们已经有一年多没见面了。不能出门的闲暇日子里，您购置的新书应该更多了吧，阳台上照料多年的绿植也生机盎然吧。对于家乡的一切我都十分挂念，想念那里的人和事。儿时那些关于您和家乡充满温暖的回忆也时常涌上心头，如潮水般，驱走了早春的阵阵寒意。

午后的阳光被浅色的地砖切割，发光的尘埃在静谧的时光里落了一地。还不愿睡午觉的我总是缠着您讲睡前故事，耐不住我百般乞赖的您只好答应，坐在那把惯用的藤椅上一摇一摇、晃晃悠悠地开始讲。不知为何，您好像对抗日战争时期的英勇事迹有着很深的执念，不管是您亲

一封家书

身经历过的还是听说的事情，都好像永远也讲不到尽头。而我却对此没有太多兴趣，毕竟小女孩感兴趣的大抵是童话里的公主与白兔，所以我时常听着听着就进入了梦乡。后来我才知道原来您少时的理想是当一名军人，报效祖国，但我却一直不以为意，直到不久前。

"他们是为我们而死的！"这是那天早上我打开这条新闻看到的第一句话。短短的一句话重重压在我的心上，那一刻我突然喘不过气来。在边境冲突中英勇牺牲的战士们是当之无愧的英雄。任何语言都无法表达我此刻的心情。我们在万家灯火里感叹世界和平、岁月静好时，是他们在边境的高原上用沸腾的鲜血与望不尽边界的白雪相拥。我的泪夺眶而出。

我回想起您曾经给我讲述的那些关于抗战的故事，那一瞬间我突然明白了您所谓的"执念"，我知道那其中蕴含着一个老人不曾释怀的梦想和对祖国深沉的爱。

如今我已是一名高二的学生，职业规划成为一个绕不开的话题。曾经我也在多种未来与可能中徘徊与抉择，茫茫然不知所措。但在看到疫情暴发时那批最勇敢的逆行者拼尽全力护我们周全后，在看到四名为国捐躯的战士后，我心底萌生出长大后当医生的想法。在危急时候可以挺身而出，救助更多的生命。不是为了成为伟大的人去做出一些牺牲，而是使命感和责任感使然，通往前方的道路就算荆棘丛生，也会有鲜花和荣光一路见证和照耀。

风声雨声读书声，声声入耳；家事国事天下事，事事关心。也许这一切都提醒着我们新时代的年轻人，不仅要发奋读书，做好自己分内的事情，也要常怀理想，正所谓心中除了小我之外更应该有大我。

　　家事国事，事事关己。今天我埋下一个关于理想开花的伏笔，希望明日它会书写出灿烂夺目的篇章，照亮前方漫漫长路。

　　希望我们可以在知了高歌的夏天重聚在家乡。再聊聊家国，聊聊过去，聊聊未来。

　　谨祝您身体健康，万事如意！

　　此致
敬礼！

想念您的外孙女：曾荻
2021年3月6日

（指导老师：谭庆）

永葆青春热血，砥砺家国情怀

陈铭淳

亲爱的爷爷：

您好，我给您写一封信，表达我的情，家情，和国情。

古有杜甫"烽火连三月，家书抵万金"，有岑参"马上相逢无纸笔，凭君传语报平安"，有张籍"洛阳城里见秋风，欲作家书意万重"，有蒋士铨"寒衣针线密，家信墨痕新"……这四季家书蕴藏着诗人对家人的绵绵思念，对祖国的沉沉爱恋。春节的爆竹声刚散去不久，元宵的灯笼又召唤我们团圆。愿山河无恙，人间皆安。

夕阳西下，您与我在中山公园散步。您曾说，您最喜欢的就是黄昏，因为黄昏的光总能让人感到很安静，让人在车水马龙的喧喧嚷嚷中深刻反思自己与祖国共同的守望；您曾说，这一辈子过得真快，花季时与奶奶的甜蜜相遇到现在看着孩子们嬉戏玩闹，让人不禁感慨人生如梦；您曾说，看着社会安定富庶，生活便利，从七十古来稀到如今的七十不稀奇，让人感到安康。孙中山先生的雕像矗立在公园里，您每每路过，都会道起孙中山先生说过的"做人最大的事情是什么呢？就是要知道怎样爱国。努力向学，尉为国用"。

自我记事开始，您就一直教育我爱家爱国。您说，没有大家就没有小家。

最啊，在这皓月高悬的夜晚，人们点起彩灯万盏，团圆赏月，烟花爆竹，共吃元宵，同庆佳节，其乐融融。夜幕降临，伴着汤圆的蜜甜，随着烟火的璀璨，我想起这周语文老师同我们观看的《感动中国2020年度颁奖典礼》，感触颇深，我想到了您与我道过的千万英雄，倘若没有他们，也不会有盛况空前的祖国。

抗疫期间身患绝症坚守一线的"人民英雄"张定宇医生步履蹒跚与时间赛跑，顾不上亲人已经被病毒感染，这一战，他矗立在死神与患者之间。是他们"国有难，召必回，战必胜"的信念，是他们"不破楼兰终不还"的昂扬斗志，是他们"不用扬鞭自奋蹄"的前行动力，是他们"不到长城非好汉"的必胜信心守护着我们。

我不禁又想到，在2020年6月的中印冲突中，有四名战士英勇牺牲，其中年龄最大的还有4个月就要当爸爸了，最小的仅有19岁。是他们誓死捍卫祖国的战斗精神和赤胆忠诚，彰显了新时代卫国戍边英雄官兵的昂扬风貌；更是他们不怕死的坚定信念，不负人民的使命感赓续传

一封家书

承了伟大民族精神和爱国情怀。

坐在书桌前，我又看了一眼那本《中国女排，永不言弃的王者之师》，想起女排姑娘们在赛场上不屈的斗志、飒爽的英姿，还有那五星红旗下滚烫的热泪，国歌声中自信的昂首，不也是中国人家国情怀的最好表现吗？中国人，总是被她们这些最勇敢的英雄感动着。

春秋冉易，岁月轮回。爷爷您七十年的风雨人生尝尽了酸甜苦辣，见证了岁月变迁，教育着两代人的成长，平凡中彰显着伟大，您同英雄们用行动告诉我们："吾辈的接力棒已经交出，人生的舞台正在徐徐落幕，在这个人生的黄昏时刻，我们坚持，你们奋斗。等待我们的，是看着祖国更加昌盛；等待你们的，是艳阳的高照。"

爷爷，我想，是他们传承下来的家国情怀影响着我们的家风，大家成就小家，小家汇聚成大家。是他们的日夜奋战才有了千千万万个小家的温馨。在我们家小小的空间里，我们也时刻心系祖国，每天关注时政新闻和国家大事的您引导着我好好报效国家。或许，长大以后，我也会成为英雄中的一员，为祖国献上星星亮光，实现自己的人生价值。

所以，亲爱的爷爷，在人生的花季，我将秉持着"为民服务孺子牛，创新发展拓荒牛，艰苦奋斗老黄牛"的"三牛"精神，为了让爸妈少一点艰辛而努力，为了让家庭少一点负担而奋斗，为了中国更加繁荣富强而读书。

永葆青春热血，砥砺家国情怀

  我敬烈士鞠躬尽瘁，我仰祖国繁荣昌盛，我与英雄结伴同行，传承家国情怀，心中永系祖国。提笔奋斗闻书香，慢慢亦漫漫；抬眼白云寻蔚蓝，温暖映脸蛋；四季炽热挥不散，愿喜乐平安。

  此致

敬礼！

孙女：陈铭湾
2021年2月28日

（指导老师：蔡卓荣）

厚植家国之爱，奋逐劳动之光

王睿婷

亲爱的爷爷：

新年快乐！

辛丑牛年，又是一个新年了！疫情却依旧席卷着全球，虽然我们国家疫情已经逐渐好转，但仍不能掉以轻心，为了响应国家"就地过年"的号召，爸爸妈妈决定带着我们留在这里过年。未能回到故乡，甚是思念爷爷，我想用文字，向您传达我深深的思念。

留莞过年，我知道您会理解的，久经风雨的您对我们国家的各项政策都无比坚定地支持。"相信国家相信党"，这是您经常在家中对我们小辈的念叨。还记得去年疫情暴发时，您一边看着电视里播放的新闻，一边提醒我们要做好防范措施，同时相信国家，待在家里不要出门。您的殷切关爱言犹在耳，但您担忧的事并没有发生。您看，一年过去了，

厚植家国之爱，奋逐劳动之光

我们国家和人民都用出色的成绩通过了这次考验，国家雷厉风行的政策，人民积极认真地履行，您看到这些定会十分欣慰吧。

万物复苏，春暖花开，我便想起了家乡那美丽的景色：小鸟在树梢上欢快地歌唱，空气中满是沁人心脾的茶花香，田野里勤劳耕种的人们，还有雨后泥土散发的芬芳……这是我记忆中家乡的样子。哦，泥土——对，还有那条一下雨就泥泞的小土路。记得小时候，在那春暖花开的时节，您拄着长长的木杖，走过那崎岖泥泞的山路，带我们走入茶园。那时我常常为溅起的泥水沾到洁白的裙角而烦恼不已，而腿脚不便的您，却喜欢在崎岖的山间泥路上行走，去打理一棵又一棵茶树。因为您深深地热爱这片茶园，您喜欢劳动，不愿意闲着。您常常说，只要能干就要多干，只有劳动才会让人心安。

是啊，爷爷！您一辈子都这样勤劳，靠勤劳的双手撑起了一整个家，用这吃苦耐劳的精神养育了父亲，让父亲走出了大山。而今父亲又将这样的精神发扬下去，使我们在岭南这片热土安家立业。而我也将在今后的学习、生活和工作中传承这样的精神。因为从您身上，我理解了只有劳动才能创造美好生活。这就是您带给家庭，带给父亲，也带给我的影响，我将铭刻于心，永不忘记。

爷爷，您曾经生活的时代，是贫穷的，是饥饿的。家乡那片贫瘠的土壤，养育着许多同您一样辛劳却贫穷的人们。记得以前，您与父亲经常向我提及曾经贫穷艰苦的岁月，那是一个每每谈起都会使人心有余悸的年代。但正如您无比坚信的，党和国家会让我们的生活越来越好。您

一封 家书

看，现在我们的国家真的已经不再贫穷，扶贫脱贫政策的落实，让您和乡亲们的生活越来越好，也让我有机会在城市里学习、生活。上次视频通话时，您说山间修了水泥路，您不会再因泥泞而摔倒，您也可以更方便快捷地常去那片您无法割舍的土地。我知道，我们不经常回去，您与奶奶两人在乡下十分孤单。您与田地相处了半生，坚持劳作，已不再是为了挣钱养家，而是一份精神的依托与慰藉。

爷爷，从您这里，我感受到了国与家的双重力量。国家给予我们强大的依靠，而劳动给予我们奋斗的成果。如今，爸爸也会经常和我讲，国家是怎样在发展，怎样变得繁盛强大。从你们的言语中，我看到了一样的光彩，那是对国家的忠诚与热爱。现在爸爸每天早出晚归，努力工作，也是在用自己的劳动担起我们这个小家，如您当年一样，都是在为美好的未来奋斗不已。爷爷，感谢您教会了我们怎样去热爱自己的国家，就像热爱生我养我的父母一样，依恋、信任、感恩！感谢您教会我们怎样去创造美好的生活，用勤劳的双手，用踏实的劳动，努力拼搏！

亲爱的爷爷，岁月流转，我在长大，而您却在慢慢变老。有时候，我想让时光走得慢一点，再慢一点，好让我多陪陪您，继续做您怀抱里那个可爱的小女孩。但是我也深知时光无情，我终会长大独立，走向自己的人生。但我从您那懂得的家国情怀，以及那勤劳勇敢的精神，会一直激励着我努力前行，不惧未来。

我想，这就是我们中华民族那源远流长的家风的力量吧！感谢您给予我这样强大的力量。家书一封不足贵，但将思念寄给您。如今，我们国家已经研究出了新冠疫苗，相信疫情很快就会被消灭。明年新年时我们就可以再回到您的身边，与您一起走走那新修的山路，和您一起去茶园看看，品尝劳动的快乐。我相信，这一天很快就会到来。

  祝
身体安康，顺心如意！

您的孙女：小婷
2021 年 2 月 28 日

（指导老师：王继淑）

尚君子之风，成家国之业
——致我未来的宝贝

周　祺

亲爱的宝贝：

近来是否安好？

时光荏苒，一晃十几载倏忽而逝。转眼间，你已从牙牙学语的稚童，摇身一变成了青葱少年。作为你的母亲，在欣喜不已的同时，我又深感不安。古人云："父母之爱子，则为之计深远。"因此，我提笔写下这封信，授你以立身处世之道。望你身处困境之时，能够学会自渡。宝贝，请你记住，妈妈从来不求你能成为多么大富大贵、闻达于世之人，但求你能够无愧于心，尚君子之风，成家国之业。

君子应存高远之志。志向，如同黑暗中的灯塔，会指明你前进的方向。古往今来，无数能人志士年少时就立下宏志：伟大的周总理曾站立在堂前，立下"为中华之崛起而读书"的誓言；年逾古稀的袁隆平爷爷也曾俯瞰土地，发出要让全国人吃饱的豪言；早已溘然长逝的邓稼先爷爷也曾仰望星空，许下要让蘑菇云在神州大地上升起的诺言……他们不仅立志，而且立的是宏志。而他们最终也都实现了自己的志向，真正做到了以身报国。孩子，如今你已是少年，所以妈妈希望你也能够树立远大的志向。

君子应行奋斗之举。志当存高远，脚应踏实地。立下志向还不够，你必须为之奋斗。著名物理学家霍金即使身患渐冻症，仍专注奋斗于物理学与宇宙学的研究，最终创作出《时间简史》等著作，成为震古烁今的伟人。"成功的花，人们只惊羡她现时的明艳！然而当初她的芽儿，浸透了奋斗的泪泉，洒遍了牺牲的血雨。"没有奋斗的血雨，又何来令人艳羡的花儿呢？奋斗立身，奋斗更立国。浩瀚的历史长河中，中国涌现出无数奋斗者的身影：囊萤苦读的车胤，拥有"铁人精神"的王进喜，为研制疫苗深入丛林的"糖丸爷爷"顾方舟……而如今，历史的火炬已然传递到你的手上，祖国的未来需要你去创造。所以，孩子，妈妈希望你能成为一个积极奋斗的人。用奋斗谱写青春乐章，用实干造就祖国未来。

君子应怀入世之勇。论语云："知其不可而为之。"孔子身处乱世之中，面对纷乱时局与漫天战火，仍毅然决然地选择入世，与他的弟子们游说列国，只为实现他心中的伟大理想。即使遭遇不公的对待与冷言嘲

一封家书

讽，即使多次身处困境甚至险些丧命，他仍执着地坚持着。这份敢于改变天下的勇气，激励了无数人投身于自己的理想。孩子，我想对你说的是："无为而治"固然轻松惬意，可真正可贵的恰恰是那一份积极入世的勇气。如今，国家正处于社会转型的关键时期，正是需要人才之际。若每个人都贪图享乐，只想着消极避世，畏于出世，那么中国梦的实现又怎能计日而待呢？

孩子，你生在最好的年代——没有饥饿，没有贫穷，没有战争。你吃着美味可口的饭菜，不用为饥饿而担忧；你享受着我们提供的物质财富，不必为生计奔波劳碌；你可以坐在窗明几净的教室里，不用担心随时会有敌机轰炸。犹记得，得知中华人民共和国成立之初开国大典上飞机数量不够时，周总理曾说：飞机不够，就让飞机飞两遍。如今，祖国繁荣昌盛，国泰民安，我国的空中飞机编队也已成为一张享誉世界的名片。然而，海晏河清的盛世下，我们必须看见，仍有不怀好意的势力在黑暗中蠢蠢欲动：韩国多次将源于中国的历史文化进行申遗；中美贸易战打响，美国企图用不正当的手段压制中国，从而维护其霸权；印度窥伺着中国边境的土地，多次越过国界线挑起事端，造成人员伤亡……"哪有什么岁月静好，只不过是有人在替你负重前行。"孩子，烈士迟暮，英雄易老。而我所希望的是，你可以成为新的英雄，成为自己的英雄，成为我的英雄，更要成为祖国的英雄。

少年如朝阳，如乳虎，如长江初发源。妈妈别无所求，唯愿你怀勇存志，以奋斗之汗水浇灌志向之花蕊，尚君子之风，成家国之业，做一个无愧于自己，无愧于家国，无愧于天地之人。

爱你的妈妈：周祺

2021年3月8日

（指导老师：黄淑琴）

兰香远弥馥,寄吾孺慕情

叶可晗

母亲慈鉴:

见字如晤,展信舒颜。

多日未见,吾亲安否?已是三月,春水清漾。不知十里春风所及何处,您最爱的兰草,开否?昨日夜里忽梦幽兰,念及吾家之风,欲邀您和我共赏梦中的春兰。

芝兰生于深谷,君子持节不改。

幼时便听您说,芝兰生于深林,不以无人而不芳,君子修道立德,不谓穷困而改节。那时,八岁的孩童对孔圣人的话语还懵懵懂懂。但"君子"二字听来就令人如沐春风。许是儒雅的玉石,温润有方;又像是江南的杏花,优雅从容。吾心中,母亲便是"君子"。您知道吗？时至今日，我仍对"求"一字感到心悸。无心的一句"求求您了"，换来的是您冰冷的眼神。夏日的夜晚是炎热的，可打在脊背上的直尺，很凉。昂扬挺拔的脊梁骨，便是母亲教给我的气节。八余载，犹不敢忘。晚风吹过孩童的夏衫，这是我的夏日愁，也是母亲于我之求。

芝兰发而幽香，君子最悟良知。

前几日路过花店时，恰遇一位刚从花店出来的阿姨。见她额间碎发尚无打理，抱着一大束花十分吃力。我也未经多想，只是跑上前去，分担她怀里的馨香。我敬重每一个爱花人，敬重他们对花清澈的爱，好想让您看到啊，让您看到我的善良，让您感慨"吾女初长"。馥郁的花香淹没我的胸膛，对您的想念越发滚烫。您说君子旅居人间，良知伴其行。每次与您同行，我都受益颇多。您陪公园里孤身一人的老奶奶跳舞，您给楼下的野猫备粮，您随手扶起路边的单车……您说人在世间茕茕独立，或是踽踽独行，可人们的善良终会照亮那些黑暗中的前行之路，这便是生活，是生活的处处欢喜，生活的方方意蕴。原来君子并不整日居于雅室享悦耳丝竹，遗世清高也不染丝尘；原来君子怀瑾握瑜只追求德馨。愧于去说高山景行，只愿上天能够看见我的善行，将其回报予您。望某年某日您走出花店时，也有一个爱花人来分担那一捧清香。

一封家书

芝兰野蛮生长,君子独立自强。

人生遗憾事十有八九,犹厌离别,归家与离家,二月的浪漫与痛苦持平。恋家情结总与眼泪相伴,您不喜眼泪,我是知道的,十五岁那年的雨也知道。从未向您提起过,其实那天回校时我回头了,只是雨太大了,我只好小心翼翼地辨认,那是泪水吧。您总说君子应自强不息,那日我在公共电话亭前站了许久,手却迟迟不敢摁下去。您也是想我的吧?"花自飘零水自流。"原来,一种相思,真的有两处闲愁。可我真的不明白,不明白为何我恋家时您说不要哭泣,也不明白为何我离开时您会流泪。雨遇阳停,最终我也没摁下电话键,我也想成为您心中的芝兰——独立自由,向着春光绽放。您知道吧?那滴眼泪,给了我在十五岁的黑白里,朝圣彩色的勇气。我很想念您,所以我学着君子的独立潇洒,君子的自强不息。可我不再想着归家,因为在我心里,绿窗人永远似花。

母亲,此刻与您写信的瞬间,太平洋的海浪正冲上岸边,落日在给黄昏铺锦,深山有人在煮花等烟雨,江南正莺飞草长……只是可惜幽梦太匆匆,无人知我的一往情深,深几许。

梦散香消,纸短情长。

我喜欢您陪伴我的那些天——那些四季变化,朝暮交替,日升日落,潮起潮平。您是最美的君子,是人间最美的四月天。

兰香远弥馥，寄吾孺慕情

　　我感恩您赠予我的这一切——让君子的持节、良知、独立在细水长流里，愈久弥香。

　　母亲，改日，想与您同赏，家中的墨兰。

　　祝
平安健康，万事顺遂！

你的女儿：叶可晗
2021年3月10日

（指导老师：孙芸）

爱己，爱家，爱国
——致三岁弟弟的一封信

陈子柔

我亲爱的弟弟：

展信佳。

三年前，你伴随着家人的喜悦与期待呱呱坠地；如今，你已经是一个活泼爱动的小男孩了，刚刚踏入课堂，开始接触除家以外更大的世界了。虽然现在你连自己的名字都还不会写，但我还是希望，当你能够读懂文字的那一天，这封信能对你有所启发。

我希望，你是一个爱自己的人。爱自己，并不是只关注自己生活上的愉悦度，而是含有更深层的意义。第一，你应该有自己的主见，清楚自己想要什么，你有选择自己人生、不被他人左右的权利，你有追求自己喜欢事业的自由。小时候，妈妈对我说："别人说的话，你就听；有好处，就试一试，没好处，就笑一笑，当没听见。"现在，我把这句话转送给你。你将来会面临无数转折、无数选择，正如姐姐一样，你会遇到很多"过来人"对你的建议，但我希望你能做出正确的、属于你的选择，而不是当一棵左右摇摆的墙头草。第二，我希望你洁身自好，不让自己的人格被社会某些污浊的风气玷污。在学校，尊重每一个同学，不盲目跟风、欺压同学，同时也不向校园恶势力屈服；在社会，尊重弱势群体，尊重每一个基层工作者。一些利用自身优势欺压弱者，对女性做出肮脏、下流的事情，对保洁阿姨、保安大叔恶语相向的行为，你不要效仿。

我希望，你是一个爱家庭的人。家不仅是你人生的起点，还是你可以完全信赖、停靠的港湾。你要知道每一个人的家都像你吃的糖一样，多姿多彩，各不相同。因此，你不必为家庭出身与其他人的异同而自卑或骄横，那是有损自身价值的愚蠢行为。姐姐希望你能敬爱长辈、爱护小辈，不要因某个家庭成员而厌恶、背弃家庭。当你有能力的时候，回过头来，把我们这个家建设得越来越好，把我们淳朴的家风延续下去，有小家，方有大家。你要爱护家庭的形象，出门在外，你代表的就是我们整个家，体现着我们的家风和家教。活泼积极可有，狂妄无礼切勿；低调内敛可有，自卑怯缩切勿。回到家，你面对的有长辈，有平辈，有小辈，对待长辈要谦逊有礼，对待平辈要亲和尊重，对待小辈需关怀备至、循循善诱。

我希望，你是一个爱国家的人。有稳定的国家，才有和美的小家，有和美的小家，才有幸福的你。无论什么时候，都应保持对国家的忠诚

一封家书

及尊敬，都不要发表对国家不利的言论，不要做抹黑祖国形象、损害国家利益的事。面对国家遇到的困难要挺身而出，有一分力，出一分力；有一点光，便发一点光。在你面前有无数为了祖国勇敢献出自己余生的人，他们都是你的榜样。有为了保护祖国勇赴朝鲜献出自己生命的抗美援朝战士，有为了充实中华种子库而四处奔波的科学家钟杨，有为了挑选适合孩子阅读的诗歌年过九十仍笔耕不辍的学者叶嘉莹，有一辈子守在莫高窟、为莫高窟的保存和发展尽心尽力的樊锦诗。当你能够读懂这封信时，也许我们的国家各方面都发展得不错了，但你要知道，那都是前人不懈努力的结果，你要发扬他们那种乐于奉献的爱国精神，为祖国的繁荣昌盛添砖加瓦！

爱己，爱家，爱国，望你能记住这六个字，姐姐由衷地盼望你做纯洁独立的自己，做具有家国情怀的新青年，做新时代优秀的人才！

祝
身体健康，万事胜意！

你的姐姐：陈子柔

2021年2月12日

（指导老师：陈钰）

愿做石榴籽，开出团结花
——喀什抗疫与妻书

孙 渊

一楠卿卿如晤：

从深秋叶落到大雪纷飞，历经43天的奋战，我们终于取得了抗疫的胜利；我也终于回到了自己的宿舍，脱下一直没有换洗的"战袍"，好好洗了一个热水澡。此时此刻，我其实没有重获自由的欣喜，反而在细细回味这段特别的经历，想与你分享这份困难里的甘甜……

犹记得10月24日那天，我们在正常上班。刚下早读，我们忽然得知支教老师所住的光华小区禁止出入了；不多久，学校也通知禁止师生外出；与此同时，"喀什封城"的消息也出现在微博热搜。我暗自猜想大概与疫情防控有关，但尚无官方的通报，我们自然"不信谣，不传谣"，一切听从学校安排。下午，学校把在校老师分别安排在教师公寓

一封家书

和学生宿舍,并发了床单被褥,生活用品也基本可以在学校超市买到。我作为吃苦耐劳的男青年教师,自然入住学生宿舍。待一切安顿妥当,我们终于得到官方消息:疏附县站敏乡发现一例无症状感染者。当晚,学校通知全校师生准备做核酸检测。凌晨一点多,老师们先做检测,做完后紧接着组织各年级各班的学生做。全校3000多名师生全部完成,已是凌晨六点多。检测人员的辛苦,自是不言而喻。说来也奇怪,年初武汉疫情暴发时,我身在石家庄,虽然满心关切,但终究是个幸运的旁观者。彼时彼刻,我身在疏附县,学校距离站敏乡不过几公里,疫情可谓近在咫尺,封校也有诸多不便。我反而无比平静,全校师生也特别淡定,这大概源于我们对疫情防控的信心。喀什可以说是全国疫情防控最为严格的城市之一,一直对"应检尽检"人员进行定期的核酸检测。而发现一例无症状感染者后的系列措施,也让我们见证了"喀什速度"。当然,这"速度"的背后,离不开各级政府部门的有力组织,离不开医护人员的辛苦付出,也离不开当地群众的密切配合。所以,我一直劝你不要太过担心,因为我身边没有慌乱,没有抱怨,没有谣言,有的只是早日战胜疫情的强烈信念。

后来,随着深塔中学所在地被定级为高风险地区,学校也根据疫情防控的要求暂时停课,学生在宿舍进行隔离,本校老师分别安排到各个楼层轮流值班。与此同时,全校3000多名师生的三餐配送就成为一项颇为繁重的任务,而食堂员工又有部分被隔离在校外,人手明显不足。于是,我和深圳的支教老师们放下粉笔,拿起饭勺,和食堂员工一同承担起食堂分餐和配送的工作。第一天，我们对"业务"并不熟练，配合也不够默契，一餐下来手忙脚乱，竟花费了近三个小时，几乎来不及休息又要准备下一餐，不少学生吃到的饭菜都凉了。第二天，我们根据各人的特长细化了分工，打饭—装袋—搬运—清点—配送，人人各司其职，形成了顺畅的作业流水线。固定分工后，我成为"打饭小叔"，"业务能力"飞速提升，从普工到熟练工再到高级技工，一餐提升一档，效率大大提高，而且勺子从来不抖。特别是我和钱石、李娟、包毅三位老师组成了黄金流水线，平均一餐可以打包600多份，做到了"行业领先"，充分展现了"深圳速度"，令在场的所有人都赞叹不已。随着越来越多的支教老师加入食堂大军，分餐配送的时间大大缩短，每餐基本一个小时左右即可完工。孩子们可以吃到热乎的餐食，员工们也有更多的时间休息。你看，在这场抗疫大战中，我们并不是冲锋陷阵的英雄，所做的工作可能也微不足道，但"深圳速度"证明了我们不但擅长教书，也甘于奉献。我们不是置身事外的支教老师，来到这里，我们都是并肩战斗的"深塔人"。你会为我的表现感到骄傲吧？

疫情期间，因为被临时安排在学生宿舍，我也有了和孩子们更多接触交流的时间。每天做完食堂的"打工人"，我都会进学生宿舍看一看，初中的孩子们会围过来和我聊天，高三的孩子们则围过来问我学习问题。起初，我还担心可能会有学生出现情绪或心理上的问题；后来发现，是我多虑了——这些来自帕米尔高原的塔吉克少年有着超乎常人的

一封 家书

乐观和坚强。每天，我在齐整而有节奏的舞步中入睡和醒来，但我从不觉得吵闹。我想，这是孩子们的自娱自乐，是青春该有的放肆和喧嚣。何况，他们也有认真的模样和新奇的创造。早上回来，听到的是他们字字铿锵的朗读声；中午回来，看到的是他们认真看书学习的模样；晚上回来，甚至还可以观赏到他们载歌载舞的表演。《肖申克的救赎》中被关禁闭的安迪说"有莫扎特陪伴我"，而隔离在宿舍的塔吉克少年则用废品自制了民族乐器热瓦普。我本以为自己作为"支教老师"和"心理咨询师"，可以在疫情期间更好地陪伴、指导和安慰这些孩子。到头来，反而是我从这些塔吉克少年身上得到更多的宽慰和鼓舞。那朗朗的读书声让我相信，所有的辛苦付出都值得；那轻快的歌舞让我明白，所有的困难都不足挂齿。

回首这一个多月的抗疫时光，固然不值得留恋，却也有许多难忘的画面：有清晨依稀可见的雪山，有夜深澄明皎洁的清蟾，还有初雪后天地苍茫的校园；有一车一车援助的物资每天都要搬，有一条一条问候的信息千里送温暖，还有一罐一罐存下的八宝粥舍不得吃完；有全校师生连夜做检测的秩序井然，有在食堂流水线"打工"的埋头苦干，还有孩子们领到保暖衣时的喜悦笑颜……正是因为有了这些画面，原本应该艰苦的经历变得有意义，原本可能沉闷的记忆也变得有生机。而这些画面里的每一个人，就像那一颗颗晶莹剔透的石榴籽，虽然微小，却十分甘甜。正如疏附县随处可见的标语："各民族要像石榴籽一样紧紧抱在一起。"你看，我们都是小小的石榴籽，但紧抱在一起，就把这疫情的苦化作了胜利的甜,更让师生的团结之花开遍了喀什的冬天。我们的爱情何尝不是如此?虽然相隔千万里,虽然相思无穷极,但只要我们的心在一起,就可以跨越山海,在锦书里相遇。相信我,寒冬总会过去,待到春风十里,我们的爱情之花也会开得绚烂无比。

弦月如钩,想念你温柔的眼眸。为我珍重,早些休息。今夜,我在梦里等你。

孙渊

2020年冬月

陪伴成长
——妈妈写给两岁七个月的安安

杨雯茜

亲爱的安安：

安安，当提起笔准备写下第一个字时，妈妈突然有种莫名的感动。出生至今，关于你的成长记录有很多，但这是我第一次以笔墨书信的方式与你交流。想到有一天你会识字，会写作，会读起这封信件，我很期待，可也希望时光走得慢一点，这样我就可以陪你久一点。

曾经妈妈也是个孩子，摸索着蹒跚成长；曾经妈妈很害怕产检，恐惧生孩子的痛。你的出生，如魔法般给了妈妈无限坚韧的力量，生命的伟大深深震撼着我。

为了更好地照顾你，我开始大量阅读育儿书籍，学习婴幼儿护理知识，学习三餐营养搭配，学习亲子沟通和时间管理。身边的人都说：

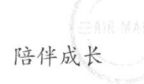

"安安真幸福，有个那么好的妈妈。"但我知道我在引领着你的成长，你也在引领着我的人生。

我珍惜和你一起生活的每一天，陪伴你成长的过程，也是遇见美好的过程。一岁多时，你会说的第一个词是"妈妈"。我永远记得那是一个周日的晚上，我在房间里整理衣物，你从外面回来，两个邻居家的姐姐也跟着你回家玩。你正兴奋着，大步迈进家门，窜过大厅，径直走向我的房间，一边走一边叫着："妈妈，妈妈……"那是我听过的最动听、最美妙的声音，那是我一辈子都忘不了的幸福场景。

两岁左右，一个微风不燥、阳光正好的清晨，我们在大树下玩耍，树影斑驳，你看到这一景象，快乐得如发现新大陆："妈妈，你看！这好像Twinkle twinkle little star!"你似乎天生拥有解读大自然语言的能力，我为你感到骄傲。

由于家庭客观原因，两岁半的你上幼儿园小小班。我和爸爸每天在上班前送你上学，下班后先去接你，再去买菜、回家、做饭。天气冷的时候，为了让你放学后能吃上热饭，喝上热汤，我中午在学校饭堂吃完午饭就赶去菜市场买菜准备晚餐。日子过得充实，在手忙脚乱的柴米油盐中，妈妈努力地学习着，摸索着，实践着。

人生会经历成长和再成长。成长发生在自己的原生家庭，而再成长最可能发生在为人父母时。很多人以为我的付出是为了你，其实这美好的动力真正改变的是我。你让我重新做回孩子，享受童真童趣，同时我

一封 家书

也开始学习承担作为一个真正的大人应该肩负的责任。曾经我觉得自己的生活"一眼看得到头",何其幸运,你的到来,让我30岁以后的世界新鲜得如同刚摘下的草莓,甜美得如同入口即化的棉花糖,每一口都是幸福的滋味。

你现在是一个两岁七个月的孩子,我是你两岁七个月的妈妈,我会用心陪伴你成长,也谢谢你陪我一路成长。

愿
安然成长!

爱你的妈妈:杨雯禹
2021年2月14日

自律，真自由的法则

刘慧琳

佳佳：

我可爱的姑娘，昨天收到妈妈写给你的信《生命不息，追梦不歇》，你有什么思考呢？妈妈期待你的回信！妈妈回顾教育你的过程，确实有很多焦虑、过激、缺乏耐心的时候，非常抱歉给你造成伤害。妈妈想利用这个寒假好好和你聊聊天，为了避免我说话漫无目的，所以我将我们每天沟通的内容都定一个主题，昨天的主题是"梦想"，今天的主题是"自律"。

什么是自律？与自律相对的是他律，他律是他人对我有要求，有约束，而自律就是对自己有要求，对自己有约束。当一个人还没有形成自律的习惯或没有自律的能力时就需要监护人、他人约束他。

为什么一定要约束呢？为什么人不能自由自在、随心所欲呢？我

一封 家书

想今年的疫情防控工作就是最好的说明。西方国家讲求个人自由，很多人在公共场所不戴口罩，不居家隔离，这却让更多的人失去了活着的自由。而我们中国人民为了自己和他人的健康，在疫情期间响应政府的号召，自我约束，严格做到出行报备行程，在公共场所佩戴口罩，中高风险地区的居民居家隔离，所以在国外疫情蔓延的情况下，国内疫情虽有零星发生，但能屡次防控到位，到现在国内的中高风险病例再次降为0，本土新增病例为0，正是14亿中国人的自律保障了我们健康的自由和生命的自由。

"天高任鸟飞，海阔凭鱼跃"，鸟儿只有遵循飞翔的规划（不撞其他鸟，不飞向危险的地方），才能飞得更高。我们再来看自律和他律中的两个关键词：要求和约束。两者互为表里，"要求"是内驱力，"约束"是行动和表现。

就说我们家的保姆兰姨吧，她每天就非常自律，在工作时间她约束自己不拿手机，做事的效率非常高，扫地和叠衣服都一丝不苟，所以她晚上还有时间做面膜，阅读，在网上学习儿童心理学、烹饪。也因为她对自己的工作和生活有自己的要求，所以她的工资比同伴的都要高，又因为她每天都坚持做面膜，所以50多岁了，皮肤还很好，显得那么年轻。

要求往深处讲就是追求，因为外婆有让自己的生命活得不痛苦、更有质量的追求，所以她每天严格遵守作息时间，坚持吃药，做八段锦，冥想……正因为她有对生命更自由的追求，所以约束自己有规律地生活也乐此不疲。

因为心中有梦有追求，所以对自己有要求和约束，也正因为对自己有要求和约束，所以生命更有质量，人生更自由、更快乐。因此：自律，乃是真自由的法则。

佳佳，妈妈相信你对自己的未来也会有美好的憧憬，或许你的梦想还不太清晰，但妈妈记得你读柴静的《看见》时，凝视着书籍封面时眼中那闪亮的光，妈妈也知道你对柴静的崇敬，希望像她一样能用自己的笔展现出自己在生活中找到的至真、至善、至美……那么，为了实现梦想，你现在应该对自己有什么要求和约束呢？如果有了这些思考，我想你一定能处理好阅读和看手机的关系了，一定能更好地规划和安排自己的作息时间。

自律，一个生命的命题，唯知自律，未来有光。我可爱的姑娘，愿你在追梦的路上坚守自律，自律将让你的生命更自由，更精彩！

爱你的妈妈：刘慧琳

2021年2月9日